殘像17

新疫時期的殺意

燕返——著

儘管無法親歷現場，但我渴望做些什麼，而不是遙遠地觀望。我想，記者便是承載著我們對真相、公正、愛與守護的追求，而執著前行的。

——柯細祥

注：本故事純屬虛構，與現實生活中任何團體及個人無關。

【各界名家好評】

一部出色的浪漫主義本格推理。尤為難能可貴的是，作者賦予偵探角色一種古典時期的行動力和使命感。

——貓特（華文推理小說大獎賽首獎得主、推理小說家）

以同時具備現實意義及邏輯分析價值的童話故事為「載體」，將帶有浪漫本格情懷的機巧詭計與全球性社會事件相融，回歸「愛倫坡、柯南道爾黃金時代」的偵探使命，共同發揮推理小說特有魅力，是一次前行嘗試，這種嘗試不妨定義為本作的獨到之處。

——華斯比（華文推理小說推介人、評論家）

由童話故事牽引出24個謎題，然後憑藉1個真相全部揭開。這樣乾淨俐落的推理小說，令人大呼過癮！

——河狸（推理小說家、編劇）

目次

【各界名家好評】 004
序章 《光榮的荊棘王國》 009
第一章 019
第二章 022
第三章 037
第四章 055
第五章 067
第六章 076
第七章 089
第八章 103
第九章 120

第十章　126
第十一章　136
第十二章　150
第十三章　157
第十四章　172
第十五章　177
第十六章　185
第十七章　192
第十八章　204
第十九章　213
第二十章　224
第二十一章　230
第二十二章　233
終章　236

主要登場人物

一、南大綜合醫院

杜向榮（55歲）	院長
蔣天翔（40歲）	副院長
郭東雨（41歲）	急診科主任
龐　娟（35歲）	急診科副主任
麥以超（31歲）	藥品採購部主任
蔡　鈞（45歲）	影像科主任
薛曉偉（27歲）	影像科科員
劉　靜（19歲）	杜向榮的養女

二、希望村

林昕傑（62歲）	村長
梁秋雄（60歲）	村幹部
梁玉萍（18歲）	梁秋雄的孫女
余明春（50歲）	前往希望村支援的醫務人員

吳　昊（22歲）　前往希望村支援的醫務人員
彭詩遠（22歲）　前往希望村支援的醫務人員

三、其他

谷　超（42歲）　W市刑偵支隊隊長
趙文彬（29歲）　W市刑偵支隊警員
邱勇亮（29歲）　W市刑偵支隊警員
方　悅（60歲）　《少兒童話天地》（原《童話世界》）主編
劉　欣（已故）　劉靜的哥哥
少女A（？？）　手記中被殘忍分屍的少女

注：上述登場人物的年齡均為二〇二〇年一月實足年齡。

序章　《光榮的荊棘王國》

一

尼克斯・烏伊爾，沙丘王國的勇士。原本他能夠成為大將軍，但在冰城的戰役中遭受好友烏干達的背叛，致使全軍覆沒，就連他自己都身負重傷。

「烏干達！你為什麼背叛我！」鮮血沾滿尼克斯的戰袍，他對著漸漸離去的背影發出憤怒的嘶吼。

「可憐的尼克斯，空有萬夫不當之勇，腦子卻不太靈光。難道你不認為裏斯陛下才是我們應該誓死效忠的對象嗎？」

「你這個叛徒！」

咆哮聲震天動地，就像野馬的嘶鳴一般。待他再度清醒過來時，烏干達早已離去，伴隨著劇烈的搖晃，他才發現自己正躺在一架馬車上。車身吱吱呀呀地晃動著，滾動的車輪碾碎了地上的冰雪。

——年長的姊姊牽著小妹妹的手，她們一起在茫茫世間漂流。

哼著童謠、駕駛這架馬車的是個十五歲左右的小女孩，她留著棕色的長髮，髮髻上戴著綴有珍珠的小帽。尼克斯想說話卻發不出任何聲音，女孩回過頭來發現尼克斯已經清醒，露出開心的微笑。這是尼克斯有生以來看到的最純真的笑容，沙丘王國四處充斥著權力的爭奪，在那個王國，人性早已泯滅，根本見不到這樣質樸的表情。

呼——去吧！

女孩對著信鴿一陣低語後，放飛了它。

「別怕，我只是讓信鴿傳話給引路的稻草人，我不會傷害你的。」

她對尼克斯溫柔的話語好似一首催眠曲，讓他安然地進入夢鄉。

二

朦朧的視線逐漸轉為明晰，尼克斯看到女孩那雙清澈的大眼睛正對著自己。

「媽媽！他醒了！他醒了！」

尼克斯茫然地望著四周，這是一幢簡陋得不能再簡陋的小木屋。這小木屋頂上蓋著麥稈，有一根煙囪，一扇窗子好像一只銳利的眼睛似的望著遠方金碧輝煌的宮殿。

「太好了。」

女孩的母親看上去很和藹，她將剛熬好的湯藥遞到尼克斯面前，尼克斯小心翼翼地聞了聞後，才輕輕抿了一口。

「你是沙丘那邊的人吧？」女孩的母親問道。

「為什麼這麼問？」

「那兒的人都是這副表情，好像對世間萬物都充滿著戒備。」

「請原諒我褻瀆了您的善意！」

尼克斯說罷，大口大口地將湯藥喝了下去。

「請放心，這裏雖然名叫荊棘王國，卻擁有這世上最善良的子民。邊境的稻草人具有識別世間萬物的慧眼，凡是心懷邪念的人根本無法踏進這裏一步。」

「也就是說這裏住著的都是善良的百姓？」

「但凡有人想進入這裏，都得先通過稻草人的慧眼。」女孩的母親微微頷首，「只要闖入者的內心存有些許邪念，就無法突破稻草人布下的結界。所以，荊棘王國的百姓都是善良淳樸的。」

「天啊！這簡直是人間的天堂！」尼克斯說罷流下了熱淚，他回想起在沙丘王國所遭遇的一幕幕。為了皇室的權力，友情、親情全都不複存在，那和地獄有什麼區別？於是，尼克斯毫不猶豫地決定在荊棘王國居住下來，成為他們的一員，為了百姓的幸福甘願奉獻出自己的一切。

三

尼克斯很快就適應了這裏的環境，魁梧健壯的他平日裏總會為鄰里街坊做些諸如砍柴、挑水的體力活，百姓們也對他贊譽有加。那位在冰城救了尼克斯、名叫喬妮的少女也慢慢愛上了尼克斯。最終，他們在鄰里街坊的見證下完成了婚禮，這讓尼克斯更加堅定了為這裏的百姓奉獻一切的決心。

直到有一天……

「尼克斯・烏伊爾！」

冬天來了，為了讓喬妮吃上新鮮的兔肉，尼克斯決定出城狩獵。風中的雪花像巨浪似的朝尼克斯襲來，即使如此，尼克斯還是憑藉著兔子的腳印捕捉它們前進的方向。尼克斯的父親曾經說過，兔子跑時前腳用力比後腳大得多，因此尼克斯憑藉著腳印的深淺沒多久便捕到了好幾只兔子滿載而歸。尼克斯得意洋洋地飛奔回去，卻總聽見有人正在後邊呼喚他。

「尼克斯・烏伊爾！沙丘王國的勇士！」

再度環顧四周，確認巷子周圍並沒有任何居民的存在，尼克斯撓撓頭以為自己出現錯覺了。

「尼克斯・烏伊爾！」

定睛細看，尼克斯才發現發出叫喚的是眼前這塊鐵皮。

「謝天謝地，你終於看到我了……」鐵皮突然站立了起來，尼克斯才發現原來對方也有雙手雙腳，是個鐵皮人。

「剛才是你發出的聲音咯？」

「沒錯，在這寒冬裏除了我們的勇士尼克斯・烏伊爾外，還有第二個人敢出門麼？」鐵皮人發出嘎嘎的聲音，好像是在笑，「我的朋友，聽說你為這裏百姓的幸福甘願奉獻一切是嗎？」

尼克斯點了點頭，答道：「只要力所能及。」

「太好了！」鐵皮人彷彿看到了救星，興奮地揮舞著雙臂，「是這樣的，你知道城外的幾隻稻草人嗎？」

「我想你指的應該是城外那些停著麻雀的稻草人吧？聽說他們能夠分清世間一切善惡，能夠進來的都是他們認可的善良民眾，所以在這裏生活非常愉快。」

「正是如此。儘管我是鐵皮做成的，打心底希望能夠在這座人間天堂定居下來，但也因為這個原因，稻草人取下了我的腦袋，把我變成了一個沒心沒肺的人，我不想這樣，在這裏安穩定居是我唯一的願望……」

「所以，你想要我向稻草人求情，取回你的腦袋？」

「不，不用那麼麻煩。」鐵皮人發出嘎嘎的聲響，繼續說道，「只要你幫我拿到四樣東西，我就能順利地恢複原樣了。」

「哪四樣東西？」

「聽好了——第一樣是智慧藥丸，在城裏西北邊的藥鋪就能買到。對，就是綠色的那顆，據說吃了能恢複智力，這是我急需的。其他幾樣分別是火藥、熒光粉和熏香，這些物品你平常也見過，應該唾手可得。」

「好，不過現在時候不早了，我得先回趟家，然後幫你找齊這些東西。」

「其實我有個不情之請。能否請你立刻幫我找到這些東西呢？拜托你了，我的朋友！」

尼克斯拿他沒辦法，只好以最快的速度找到火藥、熒光粉和熏香，接著又跑到藥鋪買了智慧藥丸。一路跑來尼克斯不但氣喘籲籲，還花光了身上所有的銀兩。

「我多花了一倍的錢買來這些東西，你看分量夠吧？」

「太感謝了！偉大的戰士，你的恩情我將永世難忘！」

鐵皮人恭恭敬敬地朝尼克斯行了個禮。尼克斯心想今天又做了件善事，便高高興興地跑回家了。

四

「天啊！這是怎麼回事？」

隔天，尼克斯被喬妮的驚叫聲吵醒，他一出門便被眼前的景象驚呆了……

所有百姓身上都被一層厚厚的鐵皮罩住。他們無法說話，只是在街上走來走去，還發出啰啰的響聲。

「露西、波斯納爾、小戴莉！你們是怎麼了？」喬妮的哭聲近乎悲鳴。

「怎麼會……他們的樣貌和我昨天見到的鐵皮人一模一樣。」

尼克斯心中泛起不祥的預感。

「你說什麼？鐵皮人？」喬妮帶著哭腔詰問道，「荊棘王國從來就沒有什麼鐵皮人！」

「可我昨天確實……」

尼克斯話還沒說完，就發現荊棘王國的軍隊朝這裏奔來。

「尼克斯・烏伊爾！你這個叛徒！」

「到底怎麼回事？」

尼克斯下意識地摟緊喬妮。

「夠了！你裝模作樣地騙取了大家的信任，背地裏卻幹著肮髒的勾當！」

「我尼克斯為了百姓的幸福願意付出一切，做過的事也都問心無愧。你們憑什麼抓我！」

「你昨天幫了鐵皮人，對吧？」

「是，他被城外的稻草人取下了腦袋，所以我幫他恢複原樣。」

「還說不是你害的！那個鐵皮人是鄰國派出的奸細！」衛兵咬牙切齒地說道。

「什麼？」

「如果你不是和他們一夥的，就是被他利用……」

衛兵說到一半，突然渾身顫抖起來。令人瞠目結舌的一幕發生了，衛兵憤怒的表情轉為呆滯，身體逐漸被一層銀灰色所籠罩，慢慢地整個身軀都變得和那些百姓一樣，再也發不出聲音。緊接著，軍隊的衛兵們全都變成了不會說話的鐵皮人，荊棘王國的房屋變成厚厚的鐵皮屋，就連天空也蒙上了一層鉛灰色。

尼克斯轉過頭來，發現喬妮也成了鐵皮人，他緊緊地抱住喬妮，淚水奪眶而出。

「噢，不！喬妮！」

就在這個時候，尼克斯再度聽到那陣刺耳的「嘎嘎」聲。

「別這樣，我的朋友。」

尼克斯憤怒地站了起來，拿出闊劍準備與對方拼個你死我活。

「原來這一切都是你的陰謀！」

「不，這只是適當的方法。你們人類做事不都講究方法嗎？」

「你到底讓我幫你做了些什麼？」

「呵呵，我只是看外面那些稻草人太礙眼了而已。」鐵皮人答道，「這裏的居民能夠自以為安逸地生活下去，全倚仗那些稻草人。我們每次想要進來，都被它們攔下，所以我想了個方法，那就是把自己的心挖出來。」

「挖出自己的心？」

「對，這樣我就成了沒心沒肺的鐵皮人。這麼一來，那些稻草人果然容許我進入荊棘王國。

然而沒了心的我行動並不自由，因此只能拜托我的勇士尼克斯‧烏伊爾去取四樣物品。我先用熏香引起城外那些稻草人的注意，他們果然被熏香吸引而聚到了一起，緊接著我向城外噴灑熒光粉，讓那些稻草人在黑夜裏也無所遁形，最後利用大火一舉消滅礙眼的稻草人。這樣一來，我們鐵皮人入城暢通無阻，荊棘王國從此以後就成了鐵皮人的天下了！嘎嘎嘎嘎嘎……」

「可惡！沒想到我的善意卻害了這裏的百姓！」

尼克斯揮舞著闊劍想要自刎，卻被鐵皮人攔下。

「你是新王國的開國功臣，將以光榮的身分受到子民的景仰，怎能輕易尋死呢？」鐵皮人對著那些衛兵命令道，「來人，把我們的勇士尼克斯‧烏伊爾帶到皇宮，我要重重地賞賜他！」

五

由於作為判別世間善惡媒介的稻草人悉數被毀，人們向往的荊棘王國從繁榮到衰退只經歷了短短一個月的時間。這裏再也沒有善良的百姓，有的只是機械的轟鳴。

屢屢遭到背叛的勇士尼克斯‧烏伊爾被軟禁在富麗堂皇的宮殿裏，他剜下了自己的雙眼，從此不再相信世間任何人。陷入黑暗的尼克斯每日聽到的都是鐵皮人「嘎嘎」的踏步聲，但所有人對他視若無睹，他對生活也已感到絕望。

直到有一天，尼克斯似乎聽到了一種新的聲音，那是新奇又久違的聲音。隨著「嘎嘎」的腳步聲越來越大，垂垂老矣的勇士緩緩抬起頭，他彷彿聽到了令人懷念的歌聲：

——年長的姊姊牽著小妹妹的手，她們一起在茫茫世間漂流……

（作者：劉欣，發表於少兒期刊《童話世界》二〇〇三年第2期）

第一章

午夜，夜闌人靜。

拜好天氣所賜，一月的夜空很美，月光把整個W市映照得分外明亮，但又和白天全然不同，卻也無法道明究竟哪裏不對，總之有種說不出的陰森。

在這座城市中心地段，南大綜合醫院的灰白色調不免讓前來問診的人們有些心慌。醫院建成於二〇〇五年，據說這種中心島筒式的建築風格是由丹麥建築師米歇爾所設計。對於病院來說，此類奇特造型理應別具立意，現代建築總歸要與時代的空間意匠連接在一起，但若查閱相關資料，依然無法獲取別具深度的信息，不足以講述這種奇特風格的機理。

俗話說「一旦出自設計大師之手，很多事情都會成為神話」，這幢建築的設計費用無法以當年的平均造價來衡量，之所以所費不貲，定有其別出心裁之處。建築的頂層設計就是其中之一，米歇爾在圍繞圓心範圍十米左右安裝了成塊的鏤空玻璃。雖說同樣意義不明，但不少住院的病患稱「從走道仰望天空時，鬱結的情緒都會一掃而空」，或許這也正是米歇爾的巧思。然而，若此時在走道上仰望天際，看到的不只有美麗的星空，呈現在玻璃天臺正中央的是個黑魆魆的物體。

那是一尊雕像？

定睛望去，的確像是五千年前埃什嫩納（Eshnunna）[1]阿布神方形神廟祭壇的「禱告者」石雕像，他並非俯視醫院內正蒙受苦難的生靈，而是仰望星空，似乎朝著特定的某個他信仰的神。他雙手緊握在一起，正如那尊石雕像一樣：他在祈禱。

如果再朝著醫院頂層拾級而上，這尊雕像就會讓人們慢慢心生一層懼意，不論是誰，在月光的洗禮下都能發現插在雕像胸膛上的是一把利刃，而鮮血正在一滴滴地流淌著……那分明是一具屍體！

屍體全身包覆著漆黑的長袍，半截面具的前端還掛著凸起的鳥喙，這和查爾斯・德羅姆在中世紀發明的「鳥嘴醫生」[2]裝束別無二致。

為何說他是雕像呢？

在他的臉上，完全看不出蒼白悒鬱之色，反倒呈現出釋然的禪意和一種在平日裏少見的心曠神悅，甚至在他的嘴角上還浮現出一抹微笑。

——這是一件藝術品，有了他，整個建築頓時有了神韻。

「他」同樣木著臉望向星空，嘴裏呼呼地喘著粗氣。的確，要完成如此複雜的工序對「他」來說確實過於強人所難。話雖如此，此時的「他」忽然想起設計這幢建築的丹麥設計師米歇爾早

[1] 公元前20世紀巴比倫東北方向的一個王國。

[2] 1619年由法國醫生查爾斯・德羅姆（Charles de Lorme）發明，是在黑死病橫行歐洲時作為防護衣所使用，造型是面部有一個長長的鳥嘴，眼睛用透明玻璃防護，全身由油布製成。

年身染重病，一度與病床為伴，然而他在三十三歲那年，卻接連設計出別具風格的建築精品，南大醫院的出資者邀請到他時，他還不到四十歲。現今物是人非，米歇爾早在二〇一三年便已辭世，留下十餘幢建築待後人品讀。他在這個年齡段所做到的事情，一個世紀之後或許依然後無來者。「他」不由得心生感慨，因為在「他」眼裏，一般的建築師過於篤信科學分析，一味地復刻前人的模板，再加以「嫁接」，手中滿溢各種圖表和數據分析，卻少了天馬行空的浪漫情懷。

「他」一面微微搖頭喟嘆，一面環顧整幢南大醫院。說到建築師的設計「模塊化」，中國醫院的設計標準似乎也從未改變過，因此它和高鐵站、飛機場、鋼鐵廠、學校一樣，一般輪不到建築師們花什麼心思，它們功能結構早已固化，只需要機械式的拼接，而不需要任何想像，完全是流水線上的作品，不能稱其為「藝術」……

思緒在不知不覺間飄離狀況，在晃過神來正慾離去之際，「他」差點驚訝地叫出聲來——那具雕像般的「藝術品」居然動了起來！

——他沒死！

雖然內心突然掀起波瀾，不過「他」也只能眼巴巴地望著「藝術品」的一舉一動。只見「藝術品」吃力地擡起手，在玻璃地面上書寫著什麼。所幸，血色在月光的反襯下分外明晰，「他」眯著眼向上凝視，對方的一筆一劃牢牢地牽動「他」的內心。

不消多久，緩緩挪動的右手才終於垂了下去，「他」卻著了魔似的反覆呢喃起那六個字——尼克斯・烏伊爾。

第二章

彷彿剛經歷過一陣長眠。

少女睡眼惺忪，眼前被一片黑暗完全籠罩，許久之後，萬物的棱角才漸漸明晰。她伸了個懶腰，下床時首先感覺到一股寒意，冷空氣近來頻繁光顧W市，掀起的陣陣寒風針尖似的刺著行人們的面頰。

她起身拉開窗簾，今天是二〇二〇年一月十九日，明明兩個小時後才到清晨六點，再過六天即是農曆庚子鼠年。照往年的慣例，大多數遊子早已歸鄉，所有家族在新春之際結束一年的辛勞，愜意地享受短暫團聚時光。但是，今年卻有些不同，公寓裏的燈光一戶戶地被擰亮起來，儘管少女位於七層，凝神細聽還是可以識別出那是人們歇斯底里的叫喊以及救護車的聲音。這些聲音由遠及近，開始雜亂起來，少女方才察覺它們的來源不僅僅是外頭的世界，連房門走道內也傳來一陣陣緊急的腳步聲。

——發生什麼事了？

少女推開門，外頭通明的亮光險些刺痛雙眼。

「杜院長呢？聯繫到他本人沒？」

「沒有，電話一直無人接聽。」

「該死，這樣指令要如何下達？」

「您是副院長。現在情況十萬火急，杜院長不在的情況下，您應該出來主持大局，否則情況將無法挽回。」

「……好吧。妳通知下去，半小時後所有中高層以及急診科、重症科、感染科等相關部門到大會議室召開緊急會議。」

「好的。」

視線逐漸清晰，說話的女人是急診科副主任龐娟，她清瘦高挑的身材令少女印象深刻，微卷的長髮幹練地紮在腦後。龐娟匆匆離去後，蔣天翔副院長才注意到少女正疑惑地望著他。見少女臉上有些微異色，蔣天翔安慰道：

「阿靜，趕緊回去休息，現在外面很危險。」

「究竟發生什麼事了？」

「……這個稍後再向妳解釋，總之乖乖回去休息就對了。」

劉靜的疑惑還未消去，影像科主任辦公室又爆發尖銳的爭吵聲。

「這就是SARS！」蔡主任的嗓門和往常一樣洪亮，但此時劉靜無法想像這聲音來自平日裏愛對她講笑話的那位大叔，「我們都經歷過SARS，什麼叫『不明原因肺炎』？小薛，你看看這雙肺CT，都成毛玻璃狀了，我懷疑咱們一週前收治的肺部感染患者面臨的是同樣問題，趕緊幫我調出他們的CT影像，快！」

「好、好的，我現在就調。」與之形成鮮明對比的是小薛唯唯諾諾的迴應。

「去他媽的保密協議！之所以造成今天的局面完全是人禍、人禍！」

「剛才……他們談到SARS？」爭吵聲傳到劉靜耳裏，她不由得開始警覺起來。

蔣天翔臉一寒，緊接著嘆了口氣。他雖然消瘦卻並不柔弱，說話時透著一絲天然的倔強和爽朗。

「既然妳聽到就不瞞妳了。這次的疫情說不定比十七年前的SARS更嚴重，偏偏又是這個時節，已經請年假回外地過年的同事一個個被叫了回來。這個年不好過咯。」

「底下的吵鬧聲都是SARS病患嗎？」

劉靜向樓下望去，重症病區剛打開一扇門，又有三個患者被送了進去。

「這次的病毒是『新型冠狀病毒』，不叫SARS。短短幾天內，我們的醫護人員已經有人確診了，整個W市有120多個病例。」

「既然如此嚴重，父親他人呢？」

「電話也打過，就是無法聯繫。」蔣天翔的手機響了起來，急診科主任急促的話語令他眉頭緊皺，似乎又有不好的事發生，「阿靜，妳得聽我的，好好躲進自己的房間休息，別出來。我這有急事先去忙。」

劉靜茫然地點點頭。

方才急診科打給蔣天翔的電話，意味著情況不容樂觀，事實遠比他預想的嚴重得多。南大醫院的一位護士也被確診感染，且病情轉為危重症。

會議室玻璃門的一邊出現朦朧的影子，蔣天翔面色凝重地走了進去。

「既然人都到齊，我就長話短說了。今天的這撥患者剛到醫院症狀就已經很嚴重，各位務必在做好診療的同時，隨時隨地佩戴口罩和護目鏡，保護自身安全。」

「所以，還是用抗生素治療？」

聲音從會議室一角傳來，蔣天翔一偏頭，急診科主任郭東雨正嚴肅地盯著他，眼眸裏滿溢著憤怒的火焰。

「郭主任消消氣，上頭說了『病毒檢測呈陽性』才能被定義為確診標準。」

「哼，照你這麼說，三天的治療期患者還有命嗎？」

「這是上頭的決定。」

「陽性？」拍桌而起的是影像科主任蔡鈞，即使戴著護目鏡也蓋不住那又粗又濃的眉毛，他的嗓子已經喊啞，卻依然聲嘶力竭地斥責，「什麼狗屁診療標準！病毒所離我們就半小時路程，過兩條街就到了。現在所有實際檢測權都掌握在疾控中心手裏，全H省只有他們能做實際檢測，最終確診權在他們那！我們只能送到區裏，區裏送到市裏，市裏再送到省裏，省裏再送到疾控中心！病毒所跟我們說他們目前沒有資質做檢測！他們說沒有資質！檢測名額還要我們來爭取！有些患者一看就是明顯的陽性症狀，他們也沒有『資質』得到相應的治療，只能靠你說的抗生素！

這是誰定的規矩？」

儘管蔣天翔平日裏被蔡鈞的暴脾氣惹惱過好幾回，但現在是特殊時期，況且他說的句句在理。這幾天收治的患者大部分還沒出鑑定結果，檢測並不難，病毒所完全可以鑑定，但取樣標本偏偏無法送出。這幾天杜向榮院長也在竭力妥協，以增進送審效率，只不過心有餘力不足。

「大夥心裏有鬱結，這些我都懂。這是一場沒有硝煙的戰爭，我們都是衝在第一線的士兵，遇到困難不能膽怯。另外，還有一件事告訴大家，WHO（世界衛生組織）明天就要對我們W市進行全面實地考察。」

「呵呵，我倒很期待他們能考察出啥結果。」

蔡鈞剛剛坐定，龐娟又問道：

「你們有誰知道杜院長人去哪兒了？一個多小時前我就在打他的電話，始終沒有人接聽。」

蔣天翔看了看表，差十分鐘清晨五點。

「杜院長這幾天都非常忙碌，可能是累壞了沒聽到手機鈴聲。家裏電話打了嗎？」

「打了。院長夫人說他昨晚並沒有回家。」

「那是怎麼回事？昨晚到今晨，你們有誰見過院長？」

見大家不發一語，影像科的小薛才顫顫巍巍地舉起手：

「昨晚10點30分，我看到杜主任從外頭回來……」

「他有告訴你什麼嗎？」蔣天翔問道。

「我本來還想和院長打個招呼，可他徑直走進自己的辦公室，還把門給反鎖了。」

「這是有些奇怪……」

「……還有，裏面傳來很奇怪的聲音。」

「聲音？什麼聲音？」

「是哭聲……」小薛堅定語氣重複道，「沒錯，是哭聲！」

「難道是因為特殊時期，壓力太大？」

蔣天翔和郭東雨對望了一眼。

「這樣吧，龐娟妳再多打幾次，如果早上8點之後還是無人接聽，我們再研究是否有必要聯絡警方。按照本院的應急預案，這種情況下，未來三個小時由我全權負責指揮在座各位的工作，請大家務必配……」

話音未落，會議室傳來急促的敲門聲。

「進來。」

「副院長……」來者是急診科的年輕醫師施曉林，他環顧了一圈，似有什麼難言之隱。

「什麼事？」

「春佳她、她已經……」

施曉林咬緊嘴脣，「噗通」一聲跪在地上，淚水如決堤般湧了出來。

「她、她怎麼了，你快說啊！」

郭東雨伸出手示意蔣天翔緩和語氣，他努了努下巴，蔣天翔注意到施曉林無名指上佩戴的訂婚戒指，忽然回憶起半個月前他口中的年輕護士在微信朋友圈曬出的訂婚紀念照，照片上的戒指和這一模一樣。

此時，龐娟接過話頭，問道：

「小吳她……怎麼了？」

「她、她已經……已經走了！」

眾人譁然。因為臨近春節，護士吳春佳的搭檔提前一週請了年休回老家，她的工作量頓時增加了好幾倍，連續幾天沒有休息，抵抗力不可避免地降低許多，但最後的結果著實令人始料未及。

「去他媽的！」蔡鈞咒罵了一句。

「春佳她……她的取樣標本還沒送去……所以現在不能申報死亡病例。」

這句話頓時點燃蔡鈞的怒火，他一下踢翻了會議室的椅子。

「前兩天，國外已經有類似病例出現，確診的都是途經我們W市。可我們呢？我們今天還在通報零新增！呵，大家見過這麼守紀律的病毒？只出國，不出省！」

「別再說了！目前根本無法確定病毒的源頭在哪裏，不要妄下定論。」

蔣天翔積壓的怒火一瞬間爆發出來。

「我們的當務之急是治病救人，不是互相推諉。你們看到病床上的那些患者嗎？他們本來和大夥一樣都準備回家過年，如今卻在病床上等待我們的救治。小的只有十幾歲，大的九十二歲，他們都在期待和家人團聚的一刻。」說到這裏，他的語氣放緩了些，「既然是上面的規定，作為院方也無能為力，大家的心情我能夠理解，可我們只能服從。戰場上的士兵有不服從將軍安排的嗎？即使杜院長在，想必他也會這麼吩咐。」

「知道了。不過，如果再過幾個小時，收治的病人數爆發性增長，我們的床位就會告急。」龐娟回道。

「我們的床位一共多少？」

「208張。」

「未來出現爆發性增長的可能性非常高。如果遇到這種情況，我們將在第一時間只保留發熱門診，其他科室立即停止門診。時間就是生命，大家趕緊投入戰鬥！」

指令一經下達，七層的走道上又傳出匆匆的腳步聲。蔣天翔踩下垃圾桶的踏板，朝裏面啐了一口。如此關鍵的時刻，杜院長究竟去哪裏逍遙了？平常明明是個不苟言笑的傢伙，工作方面也盡心盡力、事必躬親。雖然已經年過半百，但依然堅持天天鍛鍊，巨大的工作壓力尚且未在他的臉上刻下歲月的印痕，就連白髮都比自己少，看上去還不到四十。

蔣天翔再次嘗試撥打杜向榮院長的手機，那是只有院內幾位高層才知道的一串號碼，然而傳來的依舊是不帶任何情感的接線聲。他不耐煩地掛掉，緊接著再度呼叫另一個號碼，一邊若有所思地摁下電梯按鈕來到二層。

二層的ＣＴ室，長隊從門口一直排到樓梯口，全都是人。電子叫號機不合時宜地失靈，電子屏上一片漆黑，負責叫號的工作人員喊啞了嗓子，不得不拿出喇叭對著門外吼著病人的姓名。

「大家安靜下來，不要恐慌，每個人保持前後距離！」

蔣天翔在Ｗ市有一定知名度，許多病患曾在Ｗ衛視的醫療節目中看過這位四十歲的青年醫師。興許這樣的知名度起到作用，病患們的哀嚎聲漸漸轉弱，互相保持著半米距離，但也拉長了整個隊伍的長度。

「小魏，趕緊通知ＩＴ管理員，及時修復電子屏。再這麼叫號，嚴大夫會受不了的。」

「已經打過了，他的手機關機。」

「關機？這個時候關什麼機？」

「王海濱那人，不到上班時間永遠不會開機，您又不是第一天才知道。」

蔣天翔回想起去年杜向榮對小王歇斯底里的咆哮，據說因為他堅持從不加班的工作風格，一到下班時間便掐斷聯絡方式，關鍵時刻永遠聯繫不上。整整一年了，那傢伙還是沒有任何長進。他憤怒地敲打著不鏽鋼製的扶手，小王是醫院另一位高層的親戚，沾親帶故的這層關係使得無人敢斥責他不負責任的工作態度，就連杜向榮也只是進行嚴厲批評，並沒有鬧到把他開除的地步。

蔣天翔是個從基層一步步靠實力提拔上來的正直醫師，在他內心深處始終構築著一個制度完全平等、員工無不盡心盡力的烏托邦，可惜如今的大環境下，這個烏托邦也只是一場空夢而已。

「咦？」

蔣天翔正欲離去，餘光卻忽然瞥了一眼一層。在一層的等候室，病患們無不陷入恐慌，無暇顧及其他，可此時的蔣天翔望著地面上的投影，疑竇漸生。

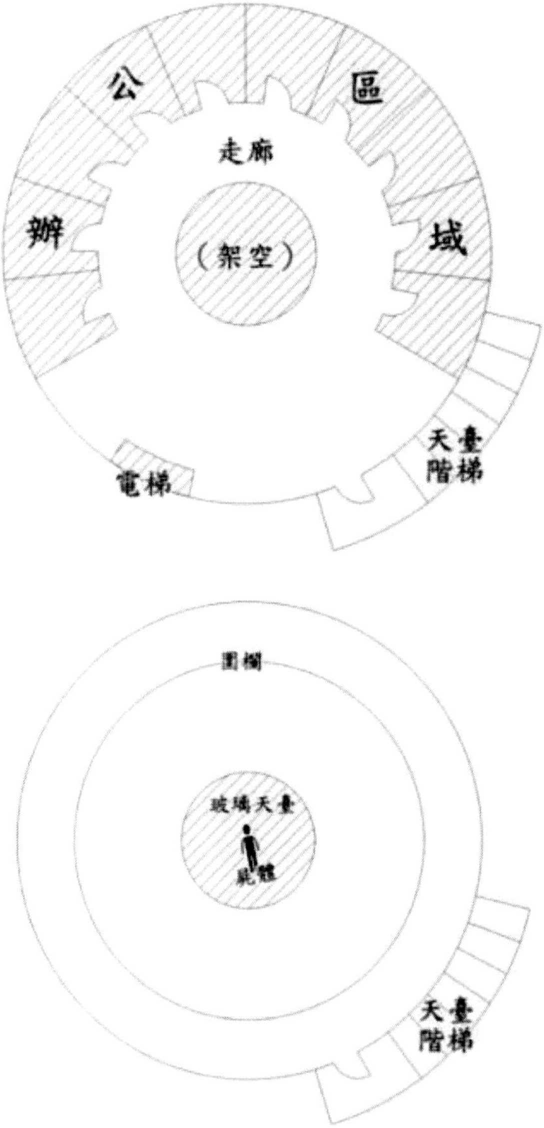

（七層辦公區域、天臺頂層平面示意圖）

二〇〇八北京奧運會那年，蔣天翔剛入職南大醫院，當時就聽說這幢建築是由丹麥的設計大師米歇爾親自操刀設計。得知米歇爾的年齡後，蔣天翔還不禁感慨與自己出生在同一時代的人竟有如此大的差距。每天午休閒來無事時，他總會眺望天空，想必當初米歇爾的設計理念也是如此，頂層的圓形玻璃天臺設計在陽光的照射下，將鏤空的圖案投影在一層的中心，那是兩位吹著號角的天使，左右對稱，也算是這幢建築的一個標誌。然而……

今天這幅圖案卻在圓心位置畫下了巨大的印記，印記一旁似乎還有一道痕跡。

——那是……字嗎？

蔣天翔眯起眼睛，緊皺眉頭。

——尼克……

距離太遠，無法辨識。

他深知如此緊要關頭，誰也沒有閒心理會這樣的奇異變化。但情況確實不同尋常，他暗憋了口氣向頂層眺望。隨著天空漸明，玻璃天臺在暗淡的天空中的確確呈現出不一樣的景象。據昨日天氣預報所述，未來兩天，W市會面臨著短時風雨天氣，氣溫也會大幅下降，家人還不斷地提醒自己要多穿衣服，以免感冒著涼。

一尊雕像？

極目遠眺，那似乎就是一尊雕像，不過在蔣天翔的印象裏，不曾聽杜向榮提起任何加裝計畫。懷著不合時宜的好奇心，蔣天翔拾級而上，來到七層。雕像的姿態逐漸明晰，那是「鳥嘴醫生」！

斑點，哦，玫瑰色的斑點。
滿口袋的花香，
阿嚏！阿嚏！
我們都完蛋[3]。

中世紀黑死病肆虐的時代，社會制度崩潰、人們四下奔逃，此時卻出現一群人，他們身著一襲布制黑色長袍，頭戴禮帽，臉部掛著類似鳥喙凸起的面具，所到之處均竭盡全力治療受難的患者，被稱為「瘟疫醫生」，也叫「鳥嘴醫生」。

眼前這尊雕像的行裝竟和「鳥嘴醫生」出奇地一致，他雙手合十、對天祈禱，只不過，心窩正插著一把利刃！

原本緊握著的手機還在向杜向榮呼叫著，但此時卻從蔣天翔手中脫落，狠狠地砸到地上。他深知沒有必要再撥打那永遠無法接通的電話了，「鳥嘴醫生」露出的半張臉已經表明了他的身分。

[3] 中世紀歐洲黑死病肆虐時期廣為流傳的民謠。

「發生什麼事了？」

劉靜聽到空曠的七層傳來異樣聲響，對蔣天翔問道。

「別、別往上看！」

儘管如此，劉靜已經下意識循著蔣天翔的目光遠眺。「鳥嘴醫生」雖然已經喪失生命跡象，卻依然仰望烏雲密布的天空，臉上還綻放出釋然的微笑，令人毛骨悚然。

「啊啊啊啊啊啊啊啊啊！」

劉靜雙手捂著嘴，跪坐在地上。尖銳的聲響吸引了不少病患和醫師的注意，他們紛紛尋聲望去，這才意識到南大醫院正在面臨前所未有的危機。前往掛號的病人停下腳步，坐在座椅上等待的人們有的發出慘叫，有的手指天際，還有的掏出手機正在記錄前所未見的詭異景象。

斑點，哦，玫瑰色的斑點。

滿口袋的花香，

阿嚏！阿嚏！

我們都完蛋。

晴朗的天空頓時閃過一道亮光，轟的一聲震了下來。閃電強光一閃一滅，定格了一個恐怖的瞬間，彷彿中世紀的巨大魔物忽然降臨在南大醫院，建築物內聲嘶力竭的慘叫聲此起彼伏。

「快報警！那個人是杜院長！」

蔣天翔朝樓下杵著的醫護人員聲嘶力竭地吼道。

中國境內「新冠」肺炎病例通報

截至二〇二〇年一月十九日0時0分，中國境內確診「新冠」肺炎病例121例。

第三章

「死者的身分確實是貴院的院長杜向榮先生嗎？」

領頭的支隊長名叫谷超，不算年長，看起來和蔣天翔年紀相仿。幾名警員圍在屍體周邊各司其職，谷超也掏出自己的手機，對著平生從未見過的詭異屍體拍了幾張照，手機同時彈出提示框，W市未來兩至三小時內將會颳起五級大風。站在醫院的天臺，谷超只覺得渾身冷颼颼的，連續打了好幾聲噴嚏，他往口罩裏塞了幾張紙巾作為屏障。

「谷隊長，要不咱們進去說話？」蔣天翔提議道。

「不用了。只是小感冒，加上風一刮，頭有點暈而已。」

在場的刑警們全副武裝，非常時期各自戴著口罩和手套。他們費了好大的勁才驅散好奇的圍觀人群，畢竟對他們來說，這樣駭人的案子和這次的疫情一樣，這輩子頭一回遇上。

天臺的門口圍著醒目的黃色警戒線，犯罪現場內，別著「刑事勘查」徽章的警員正用白線勾勒出屍體輪廓，鑑識官則探尋著遺留在現場的蛛絲馬跡，一一做上標記。

「報告隊長，根據劉法醫初步研判，死者名叫杜向榮，今年五十五歲。死亡時間在今天凌晨1點左右，前後不超過十五分鐘。死者應該是被兇手扛到建築頂端的玻璃天臺，而這麼做勢必得一路揹著他攀上那十一階固定的鐵梯。」刑警趙文彬是跟隨谷超多年的「戰友」，他指著天臺上突起的構築物，而圓心的玻璃天臺位於構築物的頂端，想揹負屍體攀爬上去絕非易事，「從犯罪現場滴落的血跡來看，死者應該是在七層被兇手刺殺，緊接著兇手才把他扛到這兒。」

「兇器上可有發現？」

「那是被害人自己收藏的刀具，平日裏一直放在個人辦公室的櫃子上。」

蔣天翔接過話頭：

「院長最喜歡收藏古董藝術品，那把刀是他最中意的一件藏品，我記得是叫『阿茲特克小刀』。」

「阿茲特克？」

谷超擡起警戒線，打開鐵質小門，那是七層通往天臺的唯一通路，地面上還滴著幾滴紅褐色的血跡。天明後，血跡更加惹眼。杜向榮的院長辦公室是整個七層最寬敞的一間，打開百葉窗，醫院周邊的景象盡在眼底。

「我和院長平時會聊起他的收藏。那把小刀是十四世紀墨西哥中央高原上阿茲特克帝國中用於活人獻祭的小刀。谷隊長，您看刀柄上雕刻著阿茲特克人的翡翠造型對吧？那可是價值不菲的頂級收藏。當時他們把人類的心臟獻給太陽神，藉此祈求太陽永恆不滅，為了取得祭品，曾發生過很多次戰爭，因此阿茲特克人就需要足夠數量的心臟獻祭，這把刀的刀刃則以黑曜石製成，據說是個沾著數百人鮮血的魔物。」

「你倒是挺清楚的？」谷超語帶暗諷。

「我們工作上雖然是上下級，但同時也是討論藏品的好友。就像他身上那件『鳥嘴醫生』的裝扮，也是眾多藏品其中之一。」

「鳥嘴醫生？」谷超再次眺望這個前所未見的詭異屍體。

「中世紀的醫療條件相對落後，人們對於防控傳染病還沒形成一套完善的處理辦法，黑死病很快地大面積傳播開來。當時的醫生都會穿成這副模樣，其中長袍大衣由多層布料編織，在外層還覆蓋高密度的塗蠟，確保帶有傳染性病菌的跳蚤或患者的血液不會吸附在衣服上；另外鳥喙面具裏其實填充了大量散發芳香的物質，這種濃烈的香氣當時被認為可以遏制瘴氣的侵害，也可以減少患者壞死組織或屍體散發的惡臭。」

「原來如此。」既然是中世紀的藏品應當價值不菲，杜向榮穿上它的用意又是什麼呢？谷超帶著這個疑問，又轉而掂量著插進死者心窩裏的兇器，「有誰知道這把刀的價值？」

「在醫院恐怕無人不知，無人不曉吧。院長在閒暇之時總是熱衷於向下屬們吹噓自己的藏品。」

桌上的名牌、辦公椅、坐墊、掛在牆上的錦旗……院長辦公室內所有物品都擺放得整整齊齊，看得出本人一絲不苟的工作風格。

「你們院長平時就很注意形象嗎？」

「他向來主張嚴於律己，不過遇到很難約束的員工，也不會太強求。」

「那麼，他的辦公室呈現給我的情況就像是特意整理過的，平常他會天天收拾自己的辦公用品？」

蔣天翔這才疑惑地湊上前去。整齊到發亮的桌面上，會議記錄本都被置於右上角，日曆也被翻到今天，鏤空造型的筆筒裏各種規格的筆都扣上了筆帽。

「真奇怪……他不是這種人。更何況這幾天明明忙得不可開交，以他的個性，絕對不會有餘力做這種事。」

「這就值得好好深究了。」言畢，谷超又咳了幾聲，周邊的調查人員都下意識地往後退了幾步。

「刑警先生您不要緊吧？難道是……」

「別緊張，只是連續幾天不眠不休的，身體難免有所反應。只是，這個時候還請你配合工作，實在太不好意思了。」

「這是我應該做的，但如今院長的事確實對我們衝擊不小，他為什麼偏偏在這個時候被害呢？」

「尼克斯・烏伊爾……這個人你可有印象？」

蔣天翔搖了搖頭，「是外國人吧？從來沒聽院長提起過。」

「他平常有結識外國人嗎？」

「院長根本不會外語，溝通起來都吃力，怎麼可能主動結交老外。」

「然而他卻沾著鮮血寫下這樣的死前留言……」

「可我真的沒印象，您也可以問問我的同事，相信他們的答案也會一樣。」

谷超沿著杜向榮辦公室的櫃子，戴著手套一一查看起他的藏品，當他看到玻璃推拉門的櫃裏還放有兩尊陶壺，不禁做了個誇張的表情。

「看來你們院長的確是個收藏發燒友。」

「可不是？您沒去過他家，簡直就是個博物館。小到菊石[4]化石、帕查瑪瑪[5]木像，大到巨幅板畫、仿真人偶等，可謂一應俱全。」

「幹這行收入那麼高嗎？」

蔣天翔理解谷超的言下之意，他淺笑道：「整個醫療行業，背後的複雜程度超出您的想像，有時候我們不能簡單地將某個人善惡二元化，以好壞區分。畢竟身為醫護人員，我們的本職就是治病救人，但只要是職業，總有正當的利潤報酬，這是很現實的情況。不過，據我所知，院長是個十分正派的人。現在整個W市正處在非常時期，各方面的資源都很有限，這幾天杜院長總是第一時間協調解決各方阻力，他一直是這樣的工作作風。」

「據你所知，有人和他結怨嗎？」

「幹這行的哪有沒冤家的。」蔣天翔笑意微斂，「光是這兩個月，全國就發生了好幾起患者

4 軟體動物門頭足綱的一個亞綱，是已滅絕的海生無脊椎動物，生存於泥盆紀至白堊紀。

5 帕查瑪瑪（克丘亞語：Pachamama）是安第斯土著人崇敬的女神，也稱為大地／時間母親。

捅死或打傷醫護人員的事件。這就是本行業最大的風險，我們無法預測明天和意外哪個先來。」

谷超略微頷首。即使如此，他對杜向榮的死狀依舊無法釋懷。難道是來自患者家屬的報復？畢竟杜向榮的辦公室實在太過招搖，若曾經有病患在治療過程中離世，心懷恨意的患者家屬心態逐漸扭曲，恨意旋即轉化為復仇的殺意，用杜向榮辦公室的藏品將其刺死，還把死者本身打造為「鳥嘴醫生」藝術品的姿態，也不無可能。正欲離開辦公室，谷超的腳步卻不聽使喚，整個人被絆了一跤。

「刑警先生，您沒事吧？」

「沒事、沒事，這裏有門檻嗎？」

「沒有啊。可能是您操勞過度，我看還是先休息一下，這裏實在說不上百分百安全。」

蔣天翔扶起谷超，這時趙文彬也掀起警戒線，從天臺出口踱步而來。

「報告谷隊，根據警局同事們的初步走訪調查，死者杜向榮在昨晚並未回家，也沒有用車的跡象，這幾天和他有聯絡的朋友均表示昨晚沒有接到杜向榮的電話。我們推測，他昨晚人就在醫院裏。」

「醫院的監控呢？」

「刑警先生，從前天開始，醫院的電子輔助設備都出現故障，清晨那會兒我還在為這個問題發愁。」蔣天翔上前解釋道。

「所以，昨晚的院內監控……」

「很遺憾，全然沒有運作。ＩＴ部門的聯絡人是個懶散的傢伙，下班後任何人都無法聯繫到他。前天他請了年假，這個時間點不巧遇上了疫情，即使如此糟糕的情況下，他仍然心安理得地切斷所有聯繫方式，真令人傷透腦筋。」

「現在的年輕人的確不好管理。」趙文彬笑著幫起腔來。

「我看你是在說你自己吧，從我到警隊開始，最不省心的就是你這傢伙。」谷超木起臉來冷冷地回了一句。

蔣天翔原本並不在意眼前這位年輕刑警，當他站在眼前時才發現對方身高至少一米八以上，是個挺拔精神的小夥子，一雙眼睛深邃鮮亮。雖然臉部被口罩蒙住一半，但依稀可以從容貌上判斷出他的年齡不會超過三十歲，且屬於陽光帥氣的一型。

「還有什麼發現嗎？」

「那個……聽說杜院長還收了個養女。」

「可有此事？」谷超把頭偏向蔣天翔。

「因為杜院長的孩子很小的時候就因意外去世了，所以他在十七年前收養了一個當時兩歲的女孩，名叫劉靜。據說收養的很大一個原因是劉靜和他的女兒出生年月完全一致。」

「女孩現在已經十九咯……話說十七年前剛好是SARS疫情爆發的時候吧，時間過得真快。」

谷超想起了自己的女兒，明年才讀國小畢業班，從小到大沒讓他們夫妻倆省過心。尤其小孩在五歲之前，各種小毛病不斷。仔細一想，就連自己的容貌也是那時候開始變得不再年輕的。

「雖說是養女，杜院長也對她疼愛有加，但怎麼說呢……女孩的身體總是很虛弱，前不久才被診斷出身患絕症。」

「不會吧？她得了什麼病？」

「肝癌晚期。」

「肝癌晚期？她才不到二十歲呀。」

「有段時間，阿靜她常常心情煩躁而且厭食、肝區疼痛，等到上個月發現時已經確診肝癌晚期。現在只能提高生活質量或者通過中藥維持，但阿靜已經明確放棄，只想安穩度過生命的最後幾個月。」

「換肝有用嗎？」

「基本不存在這種可能性。一方面能夠兼容的器官極難尋到，另一方面，即使換肝成功，也要終身服用抗排斥反應的藥物，這類藥物會抑制自身免疫力，導致抵抗力極度低下，容易併發其他疾病。況且阿靜現在已是肝癌晚期，即使換肝手術圓滿成功，後續也容易因為併發症死亡。」

「真可憐，她的父母或兄弟去哪了？」

「都去世了。她和哥哥劉欣最親，我記得劉欣是一名記者，但十七年前感染SARS病毒過世了。」

「那位叫劉靜的女孩，現在就在這所醫院裏吧？」

「對，七層按說都是醫院中高層的辦公區域，這裏唯一一個特殊單間便是安排給她的。院長十分理解她的感受，所以儘可能滿足她的所有要求，她曾告訴院長，告別人世前只希望自己一個人待在房間裏做自己喜歡的事。我記得剛入職那會兒，她還很小，但非常怕生，只有慢慢熟悉了之後才敢和我們說話，現在也還是一點沒變。」

「連最疼愛自己的養父都去世，想必對她的打擊一定很大。」谷超嘆了口氣，繼續問道，「她目前知道杜院長的情況嗎？」

「她和我一樣都是第一發現者，我想您的下屬一會兒就會問到她。」

「我明白了，對劉靜的問詢我們會往後放一放。」

此時，蔣天翔的白大褂裏傳出振動，原來是手機又響了，螢幕上顯示「郭東雨」三個字。電話那頭聲音異常急促，他的臉色也隨之暗淡下來，蒙上一層慍色。

「我不是說了，咱們一定要按流程、依程序辦事，如果每家醫院都像你這樣處理，市裏的政策還有什麼約束力？」

蔣天翔憤怒地掛斷電話，但考慮在刑警面前的自身形象，也不便發作。

「這樣吧，蔣先生，您看可否授權我們進行常規調查？因為現在是特殊時期，您的工作忙我們可以諒解，上班時間您可以先處理手頭上的工作任務，我們決不會打擾您。例行詢問擱置到下班後，您看如何？」

「真是太感謝了，事不宜遲，我先去忙。您如果有需要，隨時手機聯繫我。」

蔣天翔略微點頭示意，拿起手機離去後又立刻投身於工作中。

「谷隊，我覺得這個人還挺真誠的，從剛才一系列反應來看，不像在說謊。」

「臭小子離我遠點，現在正感冒呢。」

蔣天翔一離去，谷超便放下嚴肅的姿態，數落起下屬：

「你跟了我有八年了，說來聽聽，你對這宗命案有什麼見解。」

「谷隊這不是強人所難嘛，這樣的屍體我可從來沒見過。」

「如果不說，下次就別指望我帶你來了。」

「好吧，我說、我說。」趙文彬撓撓他的寸頭，「首先，正如我們推測的，兇手在七層行兇之後，便當即將杜向榮揹上玻璃天臺，因此第一犯罪現場就在我們所處的這一樓層。昨夜各個科室的主任及少數員工不眠不休地奮戰在工作崗位，基本上無暇顧及外頭髮生的事，只是據他們所說，只有影像科的小薛目擊到杜向榮曾經進入自己的辦公室。加上監控設備全都『罷工』，要找到其他目擊者可以說難上加難。」

「不對。」

「哪裏不對？」

「我問你，刺殺杜向榮的兇器是什麼？」

「他收藏的小刀。」

「這不正說明刺殺杜向榮的兇手深知他平日裏的喜好，而且十分確定他的辦公室一定存在那把小刀？」

「可是蔣天翔不是說了，杜向榮在下屬面前都會炫耀自己的藏品，這件事不算是祕密啊。」

「那我再問你，兇手行兇之前總得接近杜向榮，沒錯吧？」

趙文彬點點頭，但還是摸不著頭腦。

「而且只能在辦公室裏接近他。」

「對呀，所以兇手便抄起那把刀，朝杜向榮……」

「朝他怎樣？朝他刺了過去是嗎？」谷超露出意味深長的笑容。

「我明白了。谷隊的意思是，既然第一現場不在杜向榮的辦公室，而是在走道上，說明兇手很可能事先偷取那把小刀，然後守在走道上等待杜向榮。」

「但這樣一來，影像科小薛的證詞就十分古怪——杜向榮進了辦公室卻未表態發現藏品被人偷走。」

「也就是說，他當時看到的人並不是杜向榮，而是和他身材相仿的男子？」

「這點必須和小薛問個清楚。」谷超繼續問道，「你還發現了什麼？」

「第二，就是杜向榮的死前留言。」

「尼克斯・烏伊爾……我也正在犯愁，這是個人名嗎？」

「應該是，而且我隱約有些印象。」

「該不會是歐美推理小說看多了吧？」

「不，谷隊。我記得好像就是歐美的故事，但一直記不起來，應該是很遙遠的記憶。」
「那就請你好好想清楚，也許並不是推理小說。」
「啥意思？」
「你呀，就喜歡不注重邏輯推演的懸疑小說，在我看來，那些根本不叫推理，而純粹只是靠故事走向吸引讀者。嚴格意義上說，我們喜歡的壓根不是同一類型的讀物。」
「現在的推理新人作家越來越多，可我還是對艾勒里・昆恩情有獨鍾，偏愛古早味邏輯推演的讀者可不多囉。」
「倒不如說，真正吸引我的只是邏輯推演，絕非小說本身。」
「所以咱們完全是兩類讀者。」
「可不是嗎？但我並不是批評你的審美，而是遇到真實案件，往往需要提供多種思路，這樣才能在偵查工作上另闢蹊徑。回到正題，你認為『尼克斯・烏伊爾』這個死前留言有什麼問題？」
「問題可大了，兇手既然把杜向榮扛到玻璃天臺頂端，被害者還未死透，那麼他為何不在兇手的衣物上留下印記，比如血手印什麼的。」
「你說對了。」見趙文彬一下便指出問題關鍵，谷超感到十分欣慰，「兇手的身分極有可能是這層辦公區的某人，那麼行兇時就有可能脫下白大褂，換上自己的衣服，然而死者留下死前留言的右手食指上並沒有衣物纖維的痕跡。也就是說，還有一口氣的死者幾乎是在無抵抗的情況下被兇手扛到樓頂的，這難道不令人感到匪夷所思嗎？既然杜向榮被扛到天臺頂端時尚存氣力，為何不反抗或多留下些更有力的證據？」

「這樣推斷如何——死者當時確已斷氣，死前留言是兇手寫下的。」

「一般情況下，犯罪過程中兇手只會希望多一事不如少一事，為何刻意去塑造無意義的死前留言？」

「這我就真不懂了。」

「還有一種可能——杜向榮沾血寫下死前留言時，兇手正陷入『無法阻止』的狀態。」

「無法阻止？」

「對，當時的兇手內心很想阻止杜向榮的行動，但自身受到某種『束縛』，導致其只能被動接受。」

「會是何種『束縛』呢……」

「我也不清楚。但也有可能是另一種情況——杜向榮的死前留言非『尼克斯・烏伊爾』，而是其他文字。兇手在原先的死前留言的基礎上添了幾筆，最後才形成這段文字。」

「原來如此，光是死前留言的分析就有三種可能，不愧是谷隊。」趙文彬唰唰地在筆記本上記錄著。

「另外還發現什麼？」

「最後一點，就是杜向榮的死狀了，兇手為何要他扮演『鳥嘴醫生』呢？理論上，如此大費周章的行動，反而更會提前屍體被發現的時間，莫非兇手本意就在此？」

「那麼他為何不直接將杜向榮的屍體遺棄在走道處？」

「您說的也有道理。」

「所以這樁殺人案遠遠沒有咱們想的那麼簡單。我有預感，這次不能單純憑藉犯罪現場分析的手段破解案件，還需要某種『想像力』。」

「想像力？」

「就是你喜歡的那類天馬行空的故事。」

谷超說罷，繼續前往天臺的犯罪現場進行調查，趙文彬雖然很擔心前輩的身體，但他深知谷超犟牛的個性是不會聽人勸的。被拋棄的他只好一個人繞著七層轉悠，因醫護人員都去支援前線，在樓下忙碌，整個七層顯得分外靜謐，和底下的樓層相比恍若平行世界。趙文彬打開手機，裏面不斷推送疫情的最新進展，各大社交平臺正竭力呼籲民眾做好防範措施，而地方乃至中央新聞卻呈現一派祥和的喜迎新春之氣象，疫情在某些地方似乎按下了暫停鍵。

不知不覺，趙文彬繞了整整一圈，發現自己正站在一扇門前。與其他辦公室不同，這扇門的門牌並未標記所屬科室名稱與工作人員，他心想裏面應該就是蔣天翔所說的那位可憐少女。趙文彬本不願打擾，但細細聆聽，門的另一頭似乎傳來一陣陣啜泣。

——該不該進去呢？

趙文彬在門外躊躇著。

——進去又能做什麼？我最不擅長安慰人了。

——可是，如果少女想要輕生怎麼辦？

最終，在兩面博弈下，趙文彬輕輕地敲了敲門，卻遲遲沒有迴音。正當他心灰意冷準備離去時，房間內傳來一個聲音：

「是誰？」

「您好，我是刑警小趙。不好意思，剛才聽到您在哭，如果可以的話，我們能否聊聊？」

「刑警？」

趙文彬說完就後悔了，哪有女生想和刑警聊天的？難怪連刑警支隊的女同事們都稱呼自己「鋼鐵直男」。

「果然……還是沒必要和我聊吧？」他暗自嘀咕。

「請進，刑警先生。」

「我可以進去嗎？」趙文彬再次確認道。

「可以，請進。」

門內門外的隔閡似乎一下子消弭無蹤，趙文彬輕輕地推開門，原以為即將告別人世的少女會和電視上播放的紀錄片一樣，戴上帽子掩蓋化療後被剃光的頭髮，精神萎靡地躺在病床上。但眼前穿著病號服的少女卻披著一頭烏黑長髮，看起來神采奕奕，令趙文彬頗感意外。

「您……是劉靜吧？」

「對呀。」

少女的聲音從脣瓣間滑出，聽上去好似通過無形的揚聲器從遠處飄來般飄渺。

「真意外，我以為您……」

「刑警先生似乎沒比我大多少？」

女孩絲綢般順滑的秀髮上還別著櫻桃紅的髮夾，膚色晶瑩剔透，氣質非凡，但是她的嗓音有些沙啞，應該是身患疾病的緣故。少女身著更襯出皮膚白淨的淡藍色病號服，正中央牆上的掛鉤還掛著另一件。床頭櫃上零星擺放著幾本雜誌，保溫杯的一角插著吸管，從空無一物的垃圾桶和乾淨整潔的地面可以看出天天有人打掃這間病房。

「不，我已經二十九歲了。」

「這麼說，您知道我的事咯？」

趙文彬頷首：「真令人意外，沒想到您這麼精神。」

「別總是『您、您』的，聽起來好奇怪，我明明小你十一歲，還是叫我『阿靜』好了。刑警先生還沒自我介紹呢。」

「我叫趙文彬。」

「是來調查我父親的事吧？」

「……阿靜，聽說妳也是目擊者之一？」

少女垂頭不語。

「也難怪，那樣的場面連我都沒遇見過。」
「刑警先生，你喜歡童話故事嗎？」
「童話？」
「尼克斯‧烏伊爾。」
「妳說什麼？」
趙文彬心頭一怔。
「尼克斯‧烏伊爾，沙丘王國的勇士。原本他能夠成為大將軍，但在……」
「阿靜，妳知道這個人？」
「知道呀。」
「在哪，在哪看到的？」
「童話故事。」
「什麼童話？」
「哥哥十七年前寫的童話。」
「妳的哥哥？」趙文彬這才想起蔣天翔說的事，她的哥哥劉欣沒能逃過十七年前那場浩劫。
「對，《光榮的荊棘王國》，阿欣哥哥的遺作。」
突如其來的重大發現！但是，為何杜向榮會把這篇童話故事的主人公作為死前留言？
「阿靜姑娘，妳手裏可有那則童話？」

「有呀。」
「妳知道杜院長留下『尼克斯‧烏伊爾』的死前留言？」
「刑警先生，你們說的那麼大聲，想不知道都難。」
趙文彬心裏泛著嘀咕，既然他能從門外聽見劉靜的啜泣，劉靜未嘗不能從房內聽到刑警們的交談。
「方便把那篇故事拿給我看嗎？」
「你對童話感興趣？」
「還好吧，我挺喜歡童話故事。當然，不是我們常看的《安徒生童話》或者《格林童話》。」
「哦？」
「其實我們耳熟能詳的童話有好多版本，我對每個版本的變遷都十分感興趣。妳所說的《光榮的荊棘王國》是完全原創的童話故事嗎？」
「當然，阿欣哥哥親筆寫的，還發表在雜誌上。」
「原來如此。那我更感興趣了。」
「是嗎？故事內容我都記得，現在可以講給你聽。」
彷彿終於找到趣味相投的好友，劉靜的笑靨更加明媚了。

第四章

閱畢故事後，劉靜坐攏了過來，她右手拿著那本少兒雜誌，左手接過趙文彬剛削好的蘋果。

「怎樣，很有趣吧？」

「與其說有趣，還不如說是個悲壯的故事。正直的主人公在短短的篇幅中連續遭到兩次背叛，沙丘王國的戰友、狡猾的鐵皮人，都利用他善良的心，達成自己的目的。最後的結局是尼克斯‧烏伊爾剜下自己的雙眼，從此不再相信世上任何人，充滿絕望的色彩。」

「我倒覺得這是個有趣的故事。稻草人雖然能判別世間所有善惡，卻無法阻止包覆在善良者軀殼裏的惡意，招來殺身之禍。讀到最後，你不好奇鐵皮軍團製造的新王國是做什麼的嗎？」

趙文彬嘖嘖搖頭：「一定是用來做冷兵器的吧，故事也交代了——『這裏再也沒有善良的百姓，有的只是機械的轟鳴』。」

「所以咯，新的生產力淘汰舊的生產力，是社會發展的必經之路，我們沒理由指責鐵皮人的做法。」

「妳哥哥劉欣是少兒文學作家嗎？」

「不，他是一位記者。」

「一位記者？記者不是應該寫些紀實類的報導？」

「他有寫啊，而且還曾獲得好多紀實文學獎呢。」

「妳很喜歡妳哥哥？」

「嗯，雖然當時只有兩歲，但在我的記憶中哥哥是個很溫柔的人。隨著我漸漸長大，慢慢讀懂他的作品，連父親都一個勁地誇讚現在這個時代像劉欣哥哥這樣心懷正義感的記者不多了。」

趙文彬明白，劉靜所指的「父親」是杜向榮。

「這篇《光榮的荊棘王國》算是妳哥哥的遺作吧？」

「對。二〇〇三年中左右，我收到《童話世界》雜誌隨樣刊附上的稿酬，雖然很微薄，但父親還是把那本書保存在我的書櫃裏。」

趙文彬接過那本《童話世界》，右上角的期刊號是二〇〇三年第2期，總第199期，封面是個正在隨樂曲翩翩起舞的卡通人物，頗具年代感的畫風讓他感到一絲懷舊。《光榮的荊棘王國》刊登在第58至62頁，位於雜誌的後半節，興許是版面剛好排滿的緣故，文章並沒有附任何插圖，只在每頁的右下角繪出童話故事裏常見的城堡圖案的水印。

「妳哥哥沒用筆名？」

「經你這麼一提，反而覺得有些奇怪。他在紀實文學裏使用的都是筆名。」

「他的筆名是……」

「浣月。浣熊的浣，月亮的月。」

「我想是怕遭人報復吧，畢竟他的作品都是紀實類的，免不了親入前線考察，當年的通訊沒有現在這麼發達，萬一有什麼閃失，都會造成人身危險。」

「聽父親說，阿欣哥哥第一次領獎的時候就是因為太興奮而忘了隱藏自己真實身分，回家後遭到社會青年的攻擊。他的獲獎作是揭露大型企業董事長受賄的經過。」

「杜院長怎麼知道？」

「當時報紙上有報導過。」

「原來如此。」

劉靜似乎想起什麼似的，忽然警覺起來：

「你現在算是『例行問話』吧，電視劇裏常看到的情節。」

「不，我只是跟妳聊聊而已。妳瞧，我連記事本都沒帶。」

劉靜偏著腦袋打量起眼前這位年輕刑警，他確實不像電視劇裏的警察一臉嚴肅地詢問可疑人士，然而她卻不知道，趙文彬別在上衣口袋那枝具有錄音功能的筆正在啟動狀態。

「妳哥哥就只在《光榮的荊棘王國》故事上用過真名發表？」

「對，他所有文章我都看過，用的筆名都是『浣月』。」

「這就有點匪夷所思了。」

「你的意思是……」

「妳喜歡研究童話嗎？」

「……喜歡。」

這話只在劉靜肚子裏打了個轉，不過趙文彬看得出她還是對自己的身分有所介懷。

「但也僅限於童年的時候？」

「童年……」劉靜的眼神淡漠了下來，「不知道為什麼，凡是有關兩歲之前的事，我一件也記不得，連父親都說我的童年是不完整的。」

「一般人也不一定記得清自己兩歲之前的事吧？」

「不，我的情況不同，甚至連親生父母長什麼模樣都不知道，有時候哥哥的相貌也開始模糊起來……」

「抱歉，提到妳的傷心事。」

「……而且我已經十九歲了，看童話未免有些幼稚。」

「不過，妳知道嗎？童話不僅僅是寫給小孩子看的，我們所熟知的《格林童話》也是為了讓兒童安心閱讀，多次修改而成的，它現在已經完全失去最初的樣貌。」

「它們最初是什麼樣的？」

「聽過《灰姑娘》的故事嗎？」

「當然，仙度瑞拉！」

少女的雙眸重新泛起光芒，看得出她的確對這個話題很感興趣。

「我們現在看到的《灰姑娘》故事，儘管仙度瑞拉受到繼母和姐姐們不公平、甚至有些殘忍的對待，但她依然十分溫柔地忍受著，還替她們尋找結婚對象。不過，在最初的《格林童話》裏，她卻秉承母親的訓誡——『神明會幫助善良的人。如果不善良，就會遭到嚴厲的懲罰』，她認為繼母和姐姐們都不善良，所以都應該遭到最嚴酷的懲罰。在婚禮的教堂上，仙度瑞拉將姐姐們約了出來，目光忽然變得凌厲，接連對著她們下了毒咒。兩位姐姐頓時停下腳步，伸出手互相朝對方的雙眼戳了進去，挖出對方兩顆眼球，慘叫聲伴隨婚禮進行曲奏響，仙度瑞拉心滿意足地挽著王子的手臂。」

「天啊，真可怕。」

「不僅如此，到故事的最後，王子還提議仙度瑞拉原諒家人，並邀請她們進入宮裏當侍女。然而她卻聲稱『家裏沒有親人，只有一隻鴿子』。仙度瑞拉的內心已經被黑暗侵蝕，她並不討厭王子，卻也絕對說不上喜歡，只是因為聽到姐姐們炫耀自己參加舞會，感到嫉妒罷了。其實，仙度瑞拉的眼睛一直是『惡魔之眼』，只不過平日裏沒有使用而已。」

「但是，為什麼要寫出這麼恐怖的童話故事？小孩子聽了根本接受不了。」

「妳誤會了。童話故事最初並非專門為孩子們定製，而是大人在洗衣或紡紗時彼此聊天的談資。就拿這篇《灰姑娘》來說，故事的後半段仙度瑞拉已經顯露猙獰之態，慫恿姐姐們切斷各自的腳趾穿上玻璃鞋，但不論開頭、結尾還是承接上下文的位置都不忘提醒讀者『今後要保持善良』。這便是那個年代童話出現的意義。」

「我明白了。大人之所以編織各種各樣的童話故事，就是為了告誡時下社會存在的惡行『做壞事的結果就是遭到報應』。」

「也可以這麼說。另外，在初版的《白雪公主》故事中，在現在看來美貌無瑕的公主其實是個殘虐的少女，她讓皇后穿著燒紅的鐵鞋狂舞致死；《杜松子樹》中，繼母砍下兒子的頭，將腐屍切碎，並作為濃湯的佐料，端給毫不知情的丈夫喝；《千皮獸》中，與親生父親相姦的公主接受了對方的求愛，最後竟然害得生母自殺，他們力排眾議，結為連理……這樣的描寫稀鬆平常，作者初衷只是為了警示人們堅守道德底線，告誡讀者如果不遵守這種底線，後果就會十分悽慘。」

劉靜不由得開始讚歎眼前這位刑警的博洽多聞。

「真了不起，這些童話故事我只看得出浮於表面的皮毛，對它們的歷史和深意完全不知情。」

「說到這裏，妳明白我的意思吧？」

劉靜的心臟彷彿被人活攫了一把：「刑警先生，你想說阿欣哥哥那篇童話……」

「對，創作童話故事必定蘊含著作者的深意。但是，在《光榮的荊棘王國》裏這層意義變得非常模糊，要說文章的主旨是什麼，我只讀出『背叛』兩個字。就像我剛才說的，尼克斯・烏伊爾在短短的幾千字故事裏接連遭到各種背叛，最後他雖然被鐵皮軍團尊為開國元勳，住在富麗堂皇的宮殿內，但事實上是被軟禁起來，至於文章末尾那句『年長的姊姊牽著小妹妹的手，她們一起在茫茫世間漂流……』，似乎可理解為他想念喬妮，想念那位從沙丘王國的戰爭中救下自己的女孩。」

「也許這就是你所謂的童話主題吧。」

「阿靜，妳可知道『圖像學』？」趙文彬露出意味深長的微笑。

「圖像學？好像要聊到很高深的話題了。」

「圖像學，一般而言就是研究畫作描繪對象的主題，藝術是生活的一部分，當我們在畫展上看到一幅大師的畫作，我們不止要瞭解作品的主題和意義，同時還要探尋作品被創造的理由，結合作者的創作背景、國家文化、彼時的社會環境，簡而言之就是作品的內涵。」

「聽起來和推理小說一樣。」

「對，這就是所謂的推理。比如格林童話故事中的《糖果屋》，光看故事本身，只是兩名迷路的孩子誤入糖果屋，與巫婆對決，最終以孩子們的勝利告終。然而如果結合圖像學的思考模式，你會發現背後其實隱藏著令人戰慄的真相。彼時的物質生活遠遠達不到溫飽水平，不少國家正面臨嚴重的饑荒，如果要全家人一起餓死，還不如減少家庭成員。減少誰呢？當然是不會工作的人，也就是他們的孩子，因此社會上常常發生遺棄孩童的事件。這篇《糖果屋》真實目的便在於反映這樣一個社會現實，最終孩子們打敗巫婆，他們歡呼雀躍，也意味著他們已經脫離父母的影響，不再認為長輩是萬能的天神，他們的地位對等了。說了這麼多，其實我的意思是如果想要研究故事蘊含的深意，那麼必需要調查作品誕生時期的社會背景，把所有調查到的信息結合在一起就會有全新的發現。」

「我能一起加入嗎？」

劉靜的臉龐恢復嫣澤，顯得興致勃勃。趙文彬回憶起方才蔣天翔的話，他實在難以想像這位少女即將不久於人世。但既然她的願望是在生命的最後時刻做自己想做的事，那麼也沒有不答應的理由。

「好吧，我也只是因為好奇心調查而已，雖然最後大概率會扭曲你哥哥的本意，把思路引導到一個錯誤的方向。這和推理小說不同，推理小說儘管可能出現『偽解答』，但到故事完結前一定會告訴讀者『最終解』。畢竟研究童話和閱讀小說不可同日而語，我們懷著興致研究童話蘊含的意義，只會在我們眼前不斷冒出越來越多的岔路，最後把自己的思路攪得一團糟。即使這樣妳還能保持著興趣？」

「嗯……其實，刑警先生，有件事我一直沒敢說。」

「什麼事？」

「在我童年的時候，父親他……曾經做過很恐怖的事。」

趙文彬心裏一驚，問道：「難道？」

「不，你誤會了。父親其實差點撕毀這本書。」劉靜指了指床邊那本《童話世界》。

「為什麼？」

「我也不知道。」

「在妳幾歲的時候？」

「……大約十歲吧，我讀小學那會兒。當時班裏不少同學都喜歡看童話故事、討論卡通片，於是我對他們說阿欣哥哥曾經寫過一篇好看的童話。」

「就是《光榮的荊棘王國》？」

「沒錯。當晚我便把這本書放進書包裏，然而卻被父親發現了，他讀完故事，整個人都變了。」

「等等，他之前從來沒有讀過？」

「我想是的。還有就是讀完故事的他變得十分恐怖，臉上的表情就像看到鬼一樣。他忽然歇斯底里，把所有怒火發泄在臥室的門上，他不斷『砰、砰』地砸著，嘴裏還在不停地咒罵著什麼……事情過去太久了，我只記得那個晚上非常恐怖，父親全身的血液彷彿沸騰起來，整個身體不停在顫抖，甚至覺得他可能會把我殺了。」

「把妳殺了？」

劉靜不置可否地抿起嘴，接著說道：「他對我發出怒吼，瘋狂地阻止我，不允許將那本童話故事帶到學校去。」

「童話本身有什麼問題嗎？」

「不知道，總之我很少在他面前提起《光榮的荊棘王國》。雖然我很尊敬他，但在他眼皮底下，永遠不敢翻開那本書。」

趙文彬頓時對那篇童話再度泛起更加強烈的好奇心，童話裏究竟蘊藏著怎樣的故事，使它成為一個人無法碰觸的「逆鱗」？

「能再讓我看看嗎？」

趙文彬接過劉靜遞來的《童話世界》，來回在病房內踱步。四面的淡色牆壁在他眼中似乎已經投影為童話故事裏的一幕幕場景：戰敗的尼克斯・烏伊爾、善良的荊棘王國國民、在冬日大雪中探出黑色腦袋的鐵皮人、再度遭到背叛的尼克斯・烏伊爾、失去伴侶的尼克斯・烏伊爾、迅速走向衰落的荊棘王國、轟轟作響的新帝國、故事最後熟悉的歌聲……在淡色的牆面上不斷演繹著，如同皮影戲一般。有一個瞬間，他似乎想到什麼，突然變得歡呼雀躍。

「尼克斯・烏伊爾……對，尼克斯・烏伊爾！我早該發現才對！」

「刑警先生，你怎麼了？」

劉靜下意識地用被子捂住胸口，看上去童年的遭遇給她帶來了創傷後應激障礙[6]。

「新發現！不對，應該是重大發現！」

趙文彬狂喜的神情雖然讓劉靜覺得很高興，但卻無法分享到這份愉悅。

「到底怎麼啦？快告訴我！」

「我總算能捕捉到童話故事裏的一點影子了。」趙文彬笑了起來，那笑容像湖面上的浮標一樣一深一淺地起伏著，也不知道他的魚鉤究竟探到了怎樣的獵物。

6 創傷後應激障礙（PTSD），是指個體經歷、目睹或遭遇到一起或多起涉及自身或他人的實際死亡，或受到死亡威脅，或嚴重受傷，或軀體完整性受到威脅後，所導致的個體延遲出現和持續存在的精神障礙。

「急死人了，快說啦。」

「哈哈哈……尼克斯・烏伊爾，沙丘王國的勇士！童話的第一句就已經泄露天機！」趙文彬興奮地掏出警察手冊和別在上衣口袋的水筆，揮舞一番後，劉靜湊上前，手冊上寫著「NIXUIL」幾個字母。

「這是尼克斯・烏伊爾的英文……」

趙文彬「嗯」了一聲，緊接著再寫下一行文字：

LIUXIN

劉欣

「啊！這是！」

「沒錯。這樣一來我就明白為什麼妳哥哥只在《光榮的荊棘王國》裏一反常態地留下真實姓名作為筆名。如果把尼克斯・烏伊爾顛倒過來，就是在隱喻他自己。在二〇〇三年那個春天，一定在他身上發生了什麼。」

「在阿欣哥哥身上……」

「杜院長一定發現了這點，所以才留下『尼克斯・烏伊爾』的死前留言，其實他所指的是妳哥哥劉欣，也是這篇《光榮的荊棘王國》！還記得我說的『圖像學』推理嗎？我有預感，妳哥哥將會告訴我們一件驚人的祕密！」

「你的意思是，這篇童話……」

趙文彬收起紙筆，堅定地回道：

「如果我的猜測屬實，這篇童話裏的一切都是真實發生過的！」

第五章

趙文彬心頭的興奮勁兒還沒過，正欲奪門而出，卻和谷超撞個正著。

「臭小子，你可以啊！蔣副院長都已經告訴你不要打擾人家，你倒好，直接大剌剌地走進來。少根筋嗎？」

「我發現了，谷隊，我發現了！」

谷超眉頭一皺：「發現什麼了？」

「杜院長死前留言的祕密。『尼克斯·烏伊爾』是劉靜的哥哥劉欣十七年前發表的童話故事《光榮的荊棘王國》的主人公！」

「什麼王國？」

「《光榮的荊棘王國》。」

「童話故事能讓我看看不？」

「剛好，我拍了幾張照片，原件在阿靜那兒。」

「阿靜？你們這麼熟了？」谷超揚起右半邊眉毛，疑惑地瞪著趙文彬。

「沒有、沒有，只是我看破『尼克斯·烏伊爾』的玄機而已。」

趙文彬通過微信平臺，將拍下的幾張童話故事正文發送給谷超。

「你發現什麼了？」

「『尼克斯・烏伊爾』就是『劉欣』姓名英文字母的反寫，而他偏偏在十七年前這篇文章裏採用真實姓名作為筆名，您說奇不奇怪？」

谷超思忖片刻，答道：

「原本我找你，也是因為發現一條很重要的線索。杜向榮的老家在五十公里外的一個小村莊，名叫『希望村』，從這過去車程大約一個半小時，正準備讓你去一趟。」

「希望村？去那幹嘛？」

「根據杜向榮妻子交代，他出事前三天匆匆忙忙地提著一個拉桿箱說要回老家一趟，只許自己獨行，回來後那個拉桿箱便不見蹤影。畢竟拉桿箱也不是便宜貨，杜向榮的妻子後來問起時，他卻一臉嚴肅地告訴她拉桿箱壞了，已經被他丟棄。」

「感覺不太對勁啊。」

「所以，我這需要一個行動力強的人去一趟，但切記不要打草驚蛇。」

「但我穿著這身服裝，我想不高調也沒辦法啊。」

「我有辦法。」谷超睨了他一眼，「剛和蔣天翔溝通過了，現在整個W市情況很糟，從這將會派出四名醫務人員組成醫療支援隊前往希望村，進行疑似病例取樣和篩查工作。你要做的就是混進這支隊伍裏，偷偷地進行搜查，聽明白了嗎？」

「是！」趙文彬朝谷超敬了個禮。

「另外，我還發現一個重要的情報。」

「什麼情報？」

「劉靜的哥哥劉欣，十七年前不是因為SARS疫情身亡了嗎？」

「是啊。」

「當時，報社派給他的任務是報導前線疫情，你猜他去的地方是哪？」谷超故作神祕地停頓幾秒，「就是希望村。」

「您說什麼？希望村？」

「我的第六感告訴我，這個希望村一定大有問題。假設劉欣的死不是意外，那麼這兩起事件說不定有千絲萬縷的聯繫。一會兒我會找人調取十七年前劉欣事件的檔案，你去希望村之後，我們通過手機聯繫，務必記得做好保密工作，並且保護好自己。」

「知道了。」

趙文彬心想，如果他的預感無誤，劉欣和杜向榮之間必定有牽引至案件真相的線索，事件的癥結就在希望村。

「另外，杜向榮的屍檢報告出來了，有個很令我在意的地方。」

「又有新發現嗎？」

「直插杜向榮胸口的那把小刀，被打磨得非常鋒利，然而即使如此，整把刀卻有三分之一沒有刺進去。你不覺得奇怪嗎？」

「只有三分之二刺入杜向榮身體裏？」

「對。」

「奇怪了。按說兇手既然能獨立將杜向榮扛到天臺頂，那麼他必定是個頗有力氣的健壯男性，為何在行兇時沒能把小刀完全插入杜向榮的胸膛呢？」趙文彬冒出一個想法，「小刀的指紋鑑定結果如何？」

「指紋多著呢，有主人杜向榮自己的，還有蔣天翔以及醫院裏和他熟絡的幾位部門負責人的。」

「也就是說無從查起咯？」

「倒也未必，刀柄上沒有被擦拭指紋的痕跡，所以兇手應該就是七層的某人。」

「或者，其實兇手是利用某種裝置，將小刀投擲出去，刺中被害者胸膛的？」

「投擲？異想天開的推理小說看多了吧。」谷超不屑地回道。

「哈哈，我只是這麼一說。」

「還有一點，天臺那個固定的鐵梯指紋鑑定結果也出來了，和那把小刀一樣，上頭也有七層幾位醫務人員的指紋。據說他們在午休時喜歡爬到醫院的最頂端聊天，緩解壓力。」

「兩個指紋之間有共同的嫌疑人嗎？」

「有四個：蔣天翔、蔡鈞、龐娟、郭東雨……當然，也有杜向榮自己的。」

「也就是說，嫌疑人很可能在這四位當中。」

趙文彬打開警察手冊，在上頭做起筆記，師傅谷超平時不斷叮囑他，一定要養成記錄犯罪現場遺留線索的習慣，對一名刑警來說，釐清搜查路線比現場調查本身重要得多。

杜向榮案：

一、HowDunIt

1、兇手是如何將死者以詭異姿態呈現在大眾面前？

2、兇手刺殺杜向榮的時機（結合小薛的證詞）。

3、為何案發當晚，杜向榮回辦公室後沒有發現「阿茲特克小刀」被偷竊（結合小薛的證詞）。

4、出現死亡留言時兇手為何沒有及時抹去？

二、WhoDunIt

1、從現場的狀況判斷，嫌疑人範圍鎖定在七層的職員，揹著屍體的真的是青年男性嗎？

2、刀柄上的指紋和固定鐵質爬梯上的指紋（兩者交集便是嫌疑人範圍）。

3、「尼克斯・烏伊爾」的死前留言是否意味著兇手的身分？

三、WhyDunIt

1、兇手將被害人打扮成中世紀「鳥嘴醫生」的模樣，其動機為何？

2、十七年前的命案是否和杜向榮案有關？

3、為何杜向榮對《光榮的荊棘王國》異常敏感？

「以上這些便是本案的疑點。」

「不錯。關於WhoDunIt方面，我們篩查了七層的醫務人員，其中有十位屬於『能夠獨立搬運屍體的男性』範圍之列，過後我會逐一進行盤問。如果過程中發現新增疑點，會及時告知你。總之，醫院這邊後續由我負責組織搜查工作，只是希望村那兒，恐怕得請你多探尋點線索了。」

「放心吧，谷隊。」

「最不讓人放心的就是你啦。」谷超習慣性地從上衣兜裏掏出香菸，想起自己是在醫院裏，而且還戴著口罩，只好作罷，「等這段忙完，給你放個長假多陪陪家人。」

「保證完成任務！」

談話間，七層的電梯門開了，蔣天翔帶著三名醫務人員走了過來。

「谷隊長，這就是即將前往希望村的醫療支援隊：吳昊、余明春、彭詩遠，另外，影像科的薛曉偉一會兒忙完就直接在一層大堂集合。」

「明白了，我們這將派出刑警趙文彬。」

「請多多指教。」

由於特殊時期不方便握手，趙文彬只好禮貌地點點頭。

「我們會盡力配合警方的工作，趙刑警，稍後麻煩換上醫務人員的服裝。因為現在物資緊缺，防護服的件數是否足夠我也不敢妄下斷言。希望村目前並沒有申報確診病例，但也請你們多加注意做好防護工作。總之，待急診科統計後，確保他們優先使用的情況下，如果有剩餘的才可分配給你們。」

「明白了。」

「等等，我也要去。」

眾人尋聲回過頭，說話的竟是劉靜，原來谷超和趙文彬聊得太過忘我，全然忘了自己身在劉靜房門外。

「阿靜，別胡鬧！他們是斷案，不是去玩！」

「我不管，在死前我一定要知道真相。」

蔣天翔知道自己拗不過劉靜，只好向谷超他們投去求助的眼神。

「小姑娘，我們的行動很危險，而且那是個荒山野嶺，說不定晚上會爬出什麼嚇人的動物，再說現在疫情比十七年前嚴重得多，萬一妳被感染了怎麼辦？」

「反正我也沒幾個月可活了，我不在乎。」

「但是這病毒傳染性很強，如果被感染了，說不定會傳染給誰……」

眾人越是正經八百地阻止，劉靜越是收著肩膀，縮成一團。她有些難為情地低下頭，而後像是下定決心般再度擡頭看向趙文彬。

「只要和你們一起行動就沒問題，我已經是成年人，不是小孩子，不會到處亂跑。」

見趙文彬拿她沒轍，谷超立馬接過話頭：

「如果妳有個三長兩短，你的趙大哥可無法順利交差哦。」

少女澄澈的眼睛裏閃爍著絢爛的光斑，趙文彬明白，那是對於親人的念想。儘管未來無法預測，但他還是鼓足勇氣回覆谷超：

「谷隊，女孩由我負責照顧。」

「喂，你瘋了嗎？」谷超回過頭來狠狠地瞪著他。

「如果她有三長兩短，拿我是問。」趙文彬非但不忧，語氣更加堅定。

「趙刑警，這不是在拍偶像劇，你不是非得要在小女生面前耍帥的。」

「我絕非耍帥，是通過剛才和劉靜的交流來判斷從而得出的結論。她和杜向榮一起生活十七年，這次要去的是他的家鄉……」趙文彬說罷，問劉靜，「妳去過杜院長的老家嗎？」

劉靜搖了搖頭，「雖然距離不遠，但連他都很少回去。」

「所以，希望村的人並不認識她。」

谷超心裏明白趙文彬打著什麼算盤，他絕不是辦事顢頇的人，他的真正目的是想用劉靜作為突破口，調查關於杜向榮背後的祕密。

「我是拗不過你，不過你務必得保證這女孩的安全。」

「放心吧，谷隊。」

中國境內「新冠」肺炎病例通報

截至二〇二〇年一月二十日0時0分，中國境內確診「新冠」肺炎病例198例。

第六章

七層的電梯門悄聲合上，谷超心裏感到五味雜陳，他感慨徒弟成長了許多，再也不是五年前那個辦事不得要領的毛頭小子。

他下意識地向電梯門方向走了幾步，突然感到一陣天旋地轉，興許是工作太過疲累的緣故，只得向蔣天翔討了瓶礦泉水一飲而盡。當夜，谷超一行人吃過醫院食堂送來的盒飯，然後直接租用醫院七層的備用會議室，在門外貼上「1・19搜查工作小組」的標識，並向院方借用棉被、枕頭，用椅子拼成床板。一覺醒來，谷超感到自己的身體狀況稍有好轉，便再度投入工作。

「谷隊，我們在杜向榮的辦公室抽屜裏發現新的線索，請您過來一下。」刑警小紀領著谷超走了進去，辦公室的書桌上擺著皮革質的黑色記事本，上頭的密碼鎖已經被搜查人員破解。

「這是從哪裏找來的？」

「辦公室的抽屜裏，記事本被夾在一大摞醫護教材裏，差點被遺漏掉。」

「做得很好。」

「只是……裏面的內容……」

「裏面寫了什麼？」

「您還是自己看吧。」

谷超接過小紀遞來的記事本，扉頁是杜向榮的簽名，筆法蒼勁有力。後幾頁記述的都是日常會議筆記，上面的一些術語谷超也看不懂。

「並沒有什麼特別之處啊。」

「谷隊，請往後翻。」

不知是否因為繁雜的會議和越發沉重的工作壓力讓杜向榮感到心有餘力不足，接下來的文字開始潦草起來。直到有一頁呈現截然不同的形態，他彷彿在發泄什麼似的，圓珠筆在紙上無規則地肆意塗鴉，這讓谷超大感意外。但這只是一個預警，一個通往罪惡深淵的開篇。

一月十四日

沒完沒了的會議。

從今天開始，我不再記錄那些無聊的內容。人一旦在同樣的位置呆久了，難免會心生厭倦。在醫院裏，雖然身居高位，但很多事情並不能親自作主，要看合作方的臉色，要看上級的臉色，甚至還得顧及下屬的情緒！

若將鬱悶的情緒積壓下去是很危險的。

會上，大家一個個埋著頭在筆記本上記錄著我無關痛癢的講話。這樣的場景一度讓我心生自豪，但事後我才發現他們中的許多人只是在白紙上塗鴉！簡直是對我的侮辱！一上午的鬱結無從發洩，只得安排這些人將會議紀要謄抄十遍，讓他們使用電腦簡直是浪費資源，醫院本身也不需要那玩意！

乘坐電梯十幾秒鐘的時間裏，我突然決定回到舊地，權當排解工作上的不快。當然，同行的還有A，不過她只能蜷縮在我的拉桿箱裏。那是個嚴嚴實實的拉桿箱，去年出差時在機場磨破了，而後體貼的妻子立刻幫我買了一個，雖然看起來大了些，但剛好能塞得下A。不過，因為過於嚴實，無法接觸到外界的新鮮空氣，因此我刻意留出小小的縫隙。一路上，A都老老實實的，沒添任何麻煩，對此我非常滿意。

十多年間，城市裏的變化可謂是翻天覆地，而希望村儘管能夠滿足村民們的生活需求，但發達程度遠遠趕不上鄰村，這讓許多年輕人選擇進城務工。

不過，我又有什麼資格數落自己的故鄉呢？

回到家鄉，就好像再也不是醫院的院長，面對的不再是消極怠工的下屬，心情忽然間感到前所未有的平和，連空氣也清新許多。山路儘管崎嶇顛簸，但好在我的蒙特羅具備良好的越野性能，令我感到十分滿意。即將抵達目的地時，拉桿箱傳出嗚咽的聲音，不出所料，A醒了過來。為了不讓她礙事，我停下蒙特羅，撥開拉鍊，朝裏面噴灑催眠氣體。等到不再有動靜，才敢安心地繼續旅程。

妻子認為我絲毫不念家，其實並不然，幾乎每週末我都瞞著妻子偷偷回去。在希望村裏，我隱瞞了真實身分……

「杜老師，您又回來啦！」

傅阿姨熱誠地對我打著招呼，我投以親切的微笑。

在這裏，我是一名普普通通的高校教師，雖然在城市裏薪水微薄，但勉強能夠養活自己。每週回村第一件事便是積極搞好鄰里關係，這裏彷彿世外桃源，讓工作時期的煩悶全都一掃而空。他們不知道，我的屋子就是一個大型的實驗室，是禁忌的房間。

一月十五日

六十公里的車程不免讓人有些疲倦。好在A並沒有給我添麻煩，真是個乖巧的小女孩。村裏的一切看起來都顯得老舊。就連自己的家也是如此，火柴盒的造型卻令我心生一種還在工作狀態時的不快，但這種不快並沒有維持多久。

「從今天開始，我就是妳的父親。」

「父親……就是爸爸的意思？可是，我已經有爸爸啦！」

「他已經不在了。」

「是嗎？」

「沒錯，已經不在了。」

我說的是事實，真是可憐的父女倆。我帶著她走上閣樓，房間雖然逼仄了些，不過看得出來A挺喜歡這裏。

「瞧，這就是妳剛才說的那位爸爸。我沒騙妳吧，他已經離開了。」

「你騙我，他明明還在這躺著呀。」

我不耐煩地深吸一口氣：

「這是他的肝臟，這是他的胃……它們一個個地被我保存在玻璃容器裏，永永遠遠地在我們身邊。」

「他還有心臟呀。」

「妳聽過木乃伊嗎？」

「木乃伊？」

「算了，我來告訴妳……不挖出心臟是古埃及時代製作木乃伊的習慣。那是一個人生命的表徵，很久很久以前的傳統。」

「很久很久……是多久？」

「我也不知道，總之那時候連你的爺爺都還沒出生呢。」

「原來是這樣。」A似懂非懂地點點頭。

「我現在要做的，就是讓他永遠陪伴著我們，妳說好不好？」

「好呀好呀！」

她與高采烈地拍著手，這樣的天真爛漫竟讓我感到有些於心不忍。

「爸爸手臂上為什麼會有紅點點呢？」

「紅點點？」

「對呀，他身上也好多紅點點哦。」

Ａ指著平躺著的男人，歪起腦袋疑惑道。

「那不叫紅點點，是神明的庇佑。」

「還有鼻孔的棍子又是什麼？」

古法炮製木乃伊就必須清除腦組織，得先從左邊的外鼻孔插進一根青銅鉤棒，破壞篩板後，從裏面鉤出腦髓。少女癡癡地看著眼前的一切，竟絲毫不覺得噁心，令我驚歎不已。

「哇，這是黏土嗎？我經常和朋友玩粘土遊戲！」

「傻瓜。」我一面斥責，一面將男人的皮膚割開，把黏土和木屑一起塞進去，「這是妳爸爸的新肉體，看起來飽滿很多吧？」

「對，整個人看起來好雄偉！」

「喜歡嗎？」

「好棒！」女孩歡呼雀躍，「我有兩個爸爸了！」

「這樣還不夠。」

我在男人的眼窩裏塞進木頭做的義眼。

「爸爸看見我啦！」

「大功告成。」

我和A相視一笑，她的皮膚晶瑩剔透，在月光的映襯下格外誘人。

「爸爸，爸爸！」

A天真地湊上前去，男人自然不可能理睬她。儘管如此，她還是守在男人跟前又蹦又跳。

「怎麼辦，爸爸不理我。」

「因為他還少了樣東西啊。」

「什麼東西？」

「妳有，但是他沒有的東西，妳肯慷慨地分給他嗎？」

「當然！」

「真是個好孩子。」

「爸爸需要什麼，小A都能給他喲。」

「太好了。」

A看著自己小小的軀殼，問道：

「爸爸到底需要什麼？」

「需要妳新鮮溫熱的血呀。」

一月十六日

A的眼眸緩緩張開，待她看清眼前的一切後吃驚地叫了起來。不過，我深知她無法出聲，因為我已經用厚實的膠布緊緊包裹住她那小巧的嘴。

我點亮燭臺，細細品味著雙手被綁在身後、正瑟瑟發抖的A。此時的她正被恐懼感包圍，我完全能夠理解。不過，這絕非我的臉色太過嚇人，而是女孩看到擺在眼前的各種「裝置」，在大人的世界裏或許稱之為「刑具」更加恰當。

「想要哪個？父親都能滿足妳。」

「……」

少女只懂得死命搖頭，這讓我一下失了興致，快快地帶著她巡視一圈。

「這個叫西班牙靴，先把妳那白皙玲瓏的雙腳放進去，從另一頭加入沸騰滾燙的熱油，這樣妳的腳骨和肉都會融解，有意思吧？」

「……」

不知她是否真的聽懂了，晶瑩的淚水倒是滾滾而下。

「快看這個，比妳在家裏玩的有意思多了。把雙手綁在背後，用繩子把妳吊到很高很高的地方，然後突然『啪嗒』一聲鬆開繩子……不過呢，繩子會在妳快掉到地面的時候停住，這樣妳的四肢就會全部脫臼，哈哈哈哈。」

笑聲似乎驚動隔壁的鄰居老張，他一面敲著門一面神祕兮兮地向內張望，凹陷乾癟的臉頰在夜光的映襯下反倒真有些嚇人。

「杜老師，我剛好像聽到哭聲，屋裏有誰在哭嗎……」

「剛才電視開得太大聲了。實在抱歉，今後我會注意的。」

我趕忙放下燭臺，斂起笑容，恭恭敬敬地向他道歉。因為屋內光線太暗，他根本看不到A的存在，終於嘀咕著什麼似的怏怏離開。

「實在抱歉。」我又燃起燭火，湊到A面前，伴隨著解開膠布時「嘶嘶」的聲音，A顯露出難言的痛苦，「現在向妳介紹最新研製的玩具——利薩鐵籠！」

「利薩？是Lisa嗎？家裏的娃娃！」

「念法一樣，但不是……算了，就當是吧。」

「哇呼！」A興奮地跳了起來。

「咳咳。這可不是無趣的布娃娃喲……我可以先讓妳鑽進去盡情玩耍，鐵籠的頂蓋會慢慢地、慢慢地下降。當然，鐵籠的蓋子布滿大大小小的針頭，妳全身上下都會被壓得密密實實的，直到變成一坨肉醬。」

「小A不要！不要成為肉醬啦！」

少女拚命蹬著雙腳，發出喑啞的叫喊。我對此十分享受，但面對琳琅滿目的「裝置」，陷入了選擇困難症。

到底用什麼好呢？

忽然間，一股厭倦感縈繞我的思緒。如此處理未免太過無趣，令人心生厭惡。此時，我想到了亨利·霍華德·霍爾莫斯[7]，他往酒裏摻入麻醉劑迷倒自己的目標，目標將醒未醒、迷迷糊糊之際，霍爾莫斯將化學助燃劑苯塗在對方臉上，把他活活燒死。這種方法固然刺激，但也讓自己損失不小。

我得想個好方法……

一月十七日

回到家中已是深夜1點15分，連續幾天如此疲憊，妻子似乎已經察覺。再者，如今疫情遠遠沒有媒體報道的那麼無關緊要，我有預感，未來一個月整座城市將面臨前所未有的浩劫。

話雖如此，一直想不到妙計處置少女A也著實令人煩悶，若希望村幾日後採用封閉式管理，那麼自己的行動軌跡將暴露無遺。

平日睡前總喜歡翻看古籍，阿靜還未住院時，妻子也藉此教導阿靜，人要活到老學到老，不管什麼時候都不要放棄學習。而在妻子的眼裏，我就是最佳的正面案例，每當這時，一股自豪感總能油然而生。

可憐的她——被我矇在鼓裏的妻子，全然不知這是我為了苦心創造聊以取樂的「裝置」而做出的努力。今夜，我通宵達旦，凌晨三點時，忽然看到中國古代「凌遲」酷刑，頓時心生妙

7 19世紀90年代美國芝加哥的著名連環殺手，他建立了一座城堡，在裏面殺死了200多人。

計——若將A鮮嫩的肉塊一點一點地剝離，然後撒在希望村的各個角落，既不會被發現，也讓內心頗得愉悅，真是兩全其美！

思及此，我顧不上睡眠，熬著黑眼圈開車駛向希望村。被我捆在屋內立柱上的A看起來神色衰弱很多，畢竟無暇給她安排最後的晚餐。我從衣兜裏掏出小刀，悄然走進A，解開束縛她的粗繩，繩索劃破了她的肌膚，讓我倍感心疼。恢復自由的她在喜悅之餘有些意外，以為從始至終只是我的惡作劇，竟撲上來擁抱我。我撫摸著她的秀髮回以安慰，這一刻只是我給她最後的自由……

谷超讀完杜向榮的手記，胃內不禁翻江倒海。他反覆確認手記的筆跡，和之前正兒八經的會議記錄完全一致，絕對錯不了，寫下如此殘虐內容的是杜向榮本人。他一度像扔髒物似的把那黑色記事本丟在一邊，而後又小心翼翼地拾起，問蔣天翔：

「你們有誰讀過裏面的內容？」

「絕對沒有，我、我真的不知道院長竟然是這種人！」蔣天翔一臉驚詫，表情不像是裝出來的，「院長平日裏不允許下屬亂動他的辦公用品，連助理都沒請，我想絕對不會有人讀過他的手記，況且還上了密碼鎖……谷隊長，您看是否要叫筆跡專家鑒定一下……？」

「沒必要，這種草書體沒人模仿得來，手記的作者一定是杜向榮本人。」

「難以置信。」

「你們平常沒發現杜向榮有類似的癖好？」

「正如我昨天所說，杜院長是位剛正的領導，但近來由於工作壓力大，在精神上難免疲乏些……」

「簡直是人渣！」谷超重重地將記事本擲在桌上，辦公室裏傳出的巨響讓七層的醫務人員嚇了一跳，紛紛從外頭眺望。

「谷隊長，能否請您就記事本裏的內容替我們保密？畢竟特殊時期，醫院容不得有其他負面新聞。」

「我只能囑咐自己的部下不對外界透露，但之後的調查難免有問及此處的地方，請你見諒……剛才失禮了，很抱歉。」

「真是萬分感謝！稍後的問話我會負責安排好，因為七層裏大多數同事無法抽開身，就連中午休息時間都無法保證，所以刑警先生可否事先準備計畫表，我這根據預計詢問的時間來安排同事們的工作。」

「沒問題，辛苦你了。」

——莫非兇手讀過裏面的內容，而動了殺機？手記裏的少女A又是什麼人？屍體被杜向榮藏在哪？

一系列疑問縈繞腦際。

谷超認為，當務之急必須在希望村找到杜向榮的住宅，並逐一覈實手記裏的內容。他有一種預感，趙文彬此行將吉凶難測。

正為得意弟子的生命安全而擔心，谷超自己卻又感到一陣暈眩，呼吸突然急促，胃部似乎有粘稠的液體正向上湧。

「您沒事吧，谷隊長。」蔣天翔關心地湊上前去。

「洗手間……在哪？」谷超用手背捂住口罩，發出含混不清的聲音。

「走道盡頭。」

「我先失陪一下……」

蔣天翔望著他匆匆離去的背影，臉上浮現出難以言喻的複雜表情。

第七章

醫療支援隊的車行駛在鄉間小道上，輪胎下是一片松散的沙礫路面，塵埃隨著汽車駛過的路線紛紛揚起。不到兩小時車程，他們已經來到希望村前的山腳下。因為山路過於崎嶇狹窄，騎自行車都夠嗆，趙文彬一行人只好讓支援隊的司機先把車開回南大醫院，他攙扶著劉靜跟在四位醫務人員身後，沿著山路快步向希望村的方向走去，他們必須在天黑之前抵達。

「山路真的好危險哦。」

「他們都讓妳別來了，妳還硬要跟……」

劉靜出發前特地換了雙運動鞋，但她仍舊不中意那略厚的鞋底。走到半山腰，依稀可以看到人煙，兩人才稍稍放心些。

「還不是為了查清十七年前的真相，總覺得哥哥的死很蹊蹺。」

「再蹊蹺也是我們警察的事。若不是看在為警方提供線索的情面上，我也會阻止妳的。」

「這麼說……在你眼裏我只是『工具人』咯？」

「妳哪學來的詞。」

——嗚嗚嗚。

趙文彬下意識地摸摸褲兜，果然是自己手機在振動。他朝隊伍前方的醫務人員示意，讓他們先走。山上信號弱，只得在原位接聽谷超的來電。

「你們現在到哪了？」

「大約還要半小時就能抵達希望村。谷隊，您的聲音聽起來不是很精神，沒事吧？」

「臭小子，管好你自己就行。跟你在一起的小姑娘……」

「她還好啊，您放心。」

「和她保持點距離，千萬別讓她聽見。」

「為什麼？」

「我們這又發現一條新線索。」

「關於她的？」

「不是，是關於杜向榮。」

谷超一邊向趙文彬複述手記內容，一邊將保存好的照片發給他。

「有個少女在希望村杜向榮老宅裏被他分屍？怎麼會這樣？」

趙文彬避開劉靜的眼神，背過身來低吼道。

「記住，別在劉靜面前透露一絲跡象。到了希望村，你的首要任務就是調查杜向榮老宅，但千萬別帶劉靜過去，必要時刻隨時聯繫，知道嗎？」

「是！」

掛斷電話，趙文彬心緒難消，心想眼前這位少女真是個可憐人。他從衣兜裏取出警察手冊，在標記「杜向榮案」處補充了幾行文字：

二、WhoDunIt

4、杜向榮手記裏的少女A是誰？

三、WhyDunIt

4、兇手的行兇動機是否來源於杜向榮的黑色記事本所述內容。

如今還未行至希望村，構成推理三要素的「HowDunIt」、「WhoDunIt」、「WhyDunIt」各佔四條，趙文彬打心眼裏希望這些疑點都有助於通往真相的大門。他牽著劉靜，用最快的速度向前，天空烏雲密布，風越刮越猛烈，可見天氣預報所言非虛。

「前面就是希望村？」終於追上了大部隊，趙文彬氣喘吁吁地問道。

「對，繞過那個彎就到了。這一路上的山路都比較陡峭，也是難為趙刑警了。」薛曉偉雖然同樣疲累，但還是回頭報以微笑。趙文彬仔細打量這位青年，看起來年紀和自己相仿，對於醫務人員來說屬於相當壯實的一派，看得出平日裏經常到健身中心打熬筋骨。

「小薛，在杜院長出事當晚，你真的看到他本人？」

「肯定是他，雖然燈光比較暗，但體型和院長一模一樣。」

「當時他可沒有和你說過話哦。」
「刑警先生要這麼想我也沒辦法。」
「他戴著口罩，沒錯吧？」
趙文彬將問題癥結點破，薛曉偉停下腳步遲疑了片刻，他知道只有提出確實的證據才能讓刑警信服。
「雖然院長沒和我打招呼，但他走進辦公室後，裏面曾經傳出他的咳嗽聲。」
「確定是他？」
「不會錯的。」
「有沒發出其他聲響，比如東西碰撞的聲音、有人發出的慘叫聲……」
「不可能，要是聽到這種聲音，我早就告訴你們了。」
「說的也是。」趙文彬自言自語了一番，望著眼前延綿不絕的山路，向領隊余明春問道，「希望村內應該有通行的小巴士吧？」
「刑警先生您放心，我已經和村長打好招呼了。區間巴士通常情況三十分鐘一班，終點站離村長家步行只需要五分鐘。」
余明春的年紀大約五十歲上下，老實本分，他頭髮灰白，看著也是一個操勞命。同行的吳昊和彭詩遠卻極少和大家交流，但兩人經常竊竊私語，趙文彬心想他們應該是應屆高校畢業生，而且還是男女朋友的關係。

夜幕還未降臨，一行人已經來到巴士起點站等待發車了。鄉間的巴士不比城市，破損的座椅散發著異樣的氣味，余明春小心翼翼地在上面鋪了一層紙巾，然後把紙巾盒輪流遞給眾人。

「非常時期，大家還是小心為上。」

「不愧是老醫生，想得就是周到。」趙文彬不禁回以稱讚。

「一路走來，滿山都是烏鴉，已經夠不適了……下回還不知道要到哪片荒山野嶺救援去。」

「醫務人員難道不需要休息？交替作戰才能發揮最大戰力呀。」

「交替作戰？咱們醫務人員可沒比你們警方輕鬆多少，一旦有突發事件，還不是第一個衝上前？你們警方的工作是消滅壞人，身為醫務人員，治病救人卻是天職。」

「就好比福爾摩斯和華生這對搭檔。」

「《福爾摩斯探案集》，我在年輕時曾經讀過好多遍。那會兒能買到的小說不多，其實我並不特別喜歡偵探推理類的小說，故事裏出現的醫生角色往往只是用來充當驗屍官的角色。」

「哈哈，這倒也是。」

下午5點50分，巴士准點出發，車上除了醫療支援隊外，只有零星五六位乘客，司機悠哉悠哉地叼著香煙。畢竟是小鄉村，各方面都無法和城市相比，一路跟坐過山車似的不斷顛簸，除了車身的晃動，只有通風扇轉動和發動機的聲音，咯吱咯吱的。

希望村位於W市G縣最南端的山麓，地廣人稀，是個蕭條的村落。儘管村裏也有在經營的手工藝坊、咖啡廳、建築企業和各類商鋪，但村民們基本上以當地產業維持生計，或是進城務工。

正如村長所言，抵達終點站之後沒走多遠能看到在門口迎接的中年人，儘管歲月在他的臉上留下許多印記，但依然十分精神，看上去是個健談的人。村長名叫林昕傑，據說是希望村出的第一名大學生。他同眾人寒暄後，便將他們引入家中。

「村裏留下的大多數是像我這樣的老年人，年輕人都去附近的大城市打工了。前些年村裏發展得還不錯，所以還留得住人，今不如昔咯。」村長恭敬地向醫療支援隊員一一斟茶，走到趙文彬和劉靜身邊時，多瞧了他們幾眼，「因為像你們這樣的年輕人越來越少，工廠的勞動力也跟著落後。聽說這次疫情受感染的多數是老齡人口，因此特地向你們求助，一路上辛苦了！」

「這是我們應該做的。」余明春逐一介紹醫療支援隊的成員，趙文彬和劉靜被歸為實習助手一列。

「別看村子地廣人稀，一副步入衰弱的樣子。在幾個月前，我們也曾經計畫拓展旅遊業，建造幾幢小木屋風情別墅，配上一些遊樂設施，準備在新年到來前開業。但是，整個計畫都被這次的疫情攪黃咯……」

「如今也很難判定究竟是天災還是人禍，只能共克時艱。」

「理解理解。哪兒需要我們協助的，大家都會緊密配合。」

「首先，我們需要排查近期出過村的村民，每日進行三次體溫登記，如果有發熱、氣促、咳嗽等異常情況便會隔離觀察，並做相應的覈酸檢測實驗。麻煩村長這幾天務必就疫情的嚴重性做好宣傳工作，讓村民配合我們醫務人員，必要的情況下阻止村民聚集和出行。」

「我明白了。目前W市情況怎樣？」

「整個H省的情況都不容樂觀。十七年過去了，整個國家的交通和科技發達程度不可同日而語，但遇到這次疫情，反而加快了傳播速度。經濟高速發展卻未必帶來的都是便利。」

這時，一個年輕的小夥子快步走了進來，就像當其他人完全不存在一樣，興奮地對林昕傑說道：

「爸，他們都準備好了。」

林昕傑瞬間把臉沉了下來，白了小夥子一眼，圍在身旁的村幹部們也一臉不知所措的模樣，有的還朝他使著眼色。

「沒你的事，快下去。」

「可是……」

「聽到沒？快滾！快……」

林昕傑吼了半句又把話嚥了回去。

態度一百八十度轉變，讓余明春一行人也摸不著頭腦，他們疑惑地面面相覷。年輕人似乎意識到什麼，臉色也跟著一變，踱步離去。

「不好意思，讓各位見笑了。那小子是我兒子，三十歲了還是不務正業，他現在工廠上班，平常沒少惹是非。」

「呵呵，看得出您管教甚嚴。」

「言歸正傳，請各位在村子東邊的雄風賓館先行休息。如今疫情嚴峻，大家更該保重身體才是。原本身為村長，理應大擺筵席做東招待諸位，但非常時期還是不要給國家添亂。今後這幾天，凡事我都會組織村民配合諸位的工作，請大家放心。」

「這樣再好不過了。」

林昕傑吩咐手下為眾人引路，趙文彬事先已向余明春打好招呼，並未跟著大部隊到賓館落腳，而是折返回村長家中。趙文彬思忖著，南大醫院這四位醫務人員似乎都不知道杜向榮老家正是在希望村，便有意前去試探。

「村長先生，請問您認識杜向榮嗎？」

「杜向榮？你是說杜老師嗎？」林昕傑呷了口茶，依舊神色自若。

「我可能認錯人了，我們醫院的院長也叫這個名字。」

「嗯，杜老師他也是名醫生，不過在城市裏打拼，很少回來。」

「原來如此，方便告訴我他家在哪兒嗎？」

「剛才你們下車的站點往雄風賓館方向走十分鐘就到了，不過他只有週末才回來。」

「好的，他家有什麼特徵嗎？」

「就是普通的兩層平房，你問問就清楚了。」林昕傑看著碗裏的茶，聲音卻變得低沉，「小兄弟，你問杜老師的事做什麼？」

「沒事、沒事……其實我們院長昨天早上被人發現死在醫院，因為被警方叫去問話，我才知道杜院長是村裏人。」

「什麼？杜向榮死了？」

林昕傑一下蹦了起來，站在他身旁的兩位村幹部也驚恐地對望一眼。

「是啊，可您不是說他們不是同一個人嗎？」

「不好意思，我反應過激了。小兄弟可有你們院長的照片？」

趙文彬掏出手機，他特意將鎖屏界面更換為穿著醫護服的修圖照，藉以放鬆林昕傑的警惕。杜向榮的照片是他辦公室書桌上的那張，林昕傑看後大為震驚。

「我指的杜老師就是這個人哎。」

「您確定嗎？他可是我們院長……」

「沒錯，就是他。」林昕傑和兩位村幹部確認之後，答道，「杜向榮一直對我們說，他在W市的一間民營醫院工作，業餘時間教教書，並沒有向我們透露他在醫院擔任院長的職務。」

「看來我們院長為人太過低調了。」趙文彬注視著他們的神色，語帶暗諷。

「杜向榮怎麼死的？」

「聽警方說，他的胸部被人插了一刀。」

「是謀殺？」

「他們也這麼說，一般遇到這種情況，不太可能是自殺吧。」

「你說的對。」林昕傑重新坐定，朝其中一名村幹部使了個眼色，「時候不早了，小兄弟還是早些回去休息吧。」

——林昕傑為何撒謊？

從他的反應來看，明顯知道杜向榮是南大醫院的院長，身居高位。但是，他卻刻意隱瞞。

「小兄弟，你好像和他們不一樣。」

「啊，您說得對。我才來醫院沒多久，對事事都充滿好奇。」

「不，我不是這個意思……」

趙文彬婉拒村幹部梁秋雄遞來的中華煙。車裏散發出濃烈的皮革味，車座和後視鏡上沒有多餘的裝飾物，看起來多半是新車。趙文彬望著車窗外，村裏的景象匆匆而過，就像這輛車一樣樸實而單調。天色已經逐漸變暗，臨街陸續擺出夜市攤位，多為鮮蔬瓜果，也不乏稀奇玩意。

「聽說希望村的手工藝特別出名？」趙文彬問道。

「那是過去式啦，現在的年輕人哪有做這個的……一塊糕印賣不了多少錢，打磨卻需要好幾個月的時間。」

「糕印？」

「就是用刻刀雕刻出各種糕點造型的模具。這項技藝已經傳承了一百多年，看來是要毀在我們這輩人手裏咯。」

「年輕人裏沒有想學這門手藝的嗎？」

「感興趣的其實不在少數，但沒有一個靜得下心的。要想達到前輩的水準非常不容易，而且即使能賣出去，賺來的錢還不如在城裏打工一個月的收入，慢慢就沒人想做這行。」

梁秋雄身邊坐著一個女孩，看上去比劉靜稍稍小一些，她繃緊著臉，不時通過後視鏡警覺地打量趙文彬。

「你們這回恐怕要住在這好長一段時間咯。」梁秋雄重新打開話匣子。

「這次疫情誰也說不準，剛看到新聞報道，目前全國已經新增72例，大部分病例在我們城市。」

「可不？連國際專家都預測最終可能會突破10萬例。」

「我相信只要預防措施得當，不會大範圍擴散的。」

不知為何，趙文彬覺得副駕駛的女孩對自己充滿敵意，他明明捂著一層口罩，只露出不到半邊臉，女孩不可能認識自己。

「請問，這位她是您的女兒嗎？」趙文彬問梁秋雄。

「嗨，我都忘了介紹……她是我的孫女。」

「孫女？都這麼大了！」

「村裏人通常比較早成家，像村長那樣晚婚的可不多。」

即使如此，女孩依然沒有向趙文彬打招呼。趙文彬無奈地掏出手機，半小時前谷超曾把當晚七層正在值班的醫務人員詢問記錄發給他，短短數小時間，谷超幾乎收集到所有調查對象的證詞，效率奇高。

——這些信息都發給你了，晚上務必看看。切記，需前往杜向榮家查個清楚，不要驚動其他隨同的醫務人員，包括劉靜。

——明白。

「瞧，前面就是杜向榮的家。」梁秋雄朝左前方努了努下巴，果然如村長所說，是幢簡易的平房。

「他上次回村裏是什麼時候？」

「幾天前吧。」

「每週都回？」

「經常回，基本上在週末，但前陣子卻經常看到他。」

——和手記裏的時間基本吻合。

「這幾天有人拜訪他嗎？」

「應該沒有吧。屋裏沒動靜、沒開燈，誰會去找他？」

「聽說他從沒把家人帶來村裏？」

「杜老師提過他的妻子，說她在城裏住慣了，根本不屑來這窮鄉僻壤，這也難怪，哈哈。他們連婚禮都沒在這辦過，所以我們只認識杜老師，不認識他妻子。」

「剛才村長說年輕人都往城市裏跑，不過這一路上還是有不少年輕人啊。」

終於駛上平坦的水泥路，周邊應該算村子裏較為繁華的地段，趙文彬預感雄風賓館就在眼前，越往熱鬧的地方走，年輕人越多。

「因為快過年，他們都趕著回鄉。」

「才不是！」

這是趙文彬第一次聽到女孩的聲音，雖然看著比劉靜年紀小，但語氣卻出人意料地成熟。

「不說話沒人當你啞巴。」

「你們明明是想讓那些人……」

「你給我住嘴！」

更讓趙文彬意外的是梁秋雄的反應，和方才村長憤怒的表情竟如出一轍。

——村子裏到底有什麼祕密？

女孩啞口無言地陷入沉默，梁秋雄才收斂起怒氣，指著前方的中高層建築說道：

「小兄弟，前面就是雄風賓館。雖然條件跟城裏沒法比，不過也算是全村最好的賓館了。」

「不打緊，我對住的地方也不講究，醫療隊平常都在外頭。」

趙文彬偏頭遠眺，赭紅的外牆上確實掛著「雄風賓館」的霓虹燈招牌，只不過鮮豔的塗漆即將脫落，建築周邊的植物都枯萎了。他掐停導航地圖，上頭標記著往返杜向榮家和雄風賓館的路線。

中國境內「新冠」肺炎病例通報

截至二〇二〇年一月二十一日0時0分，中國境內確診「新冠」肺炎病例291例。

第八章

凌晨1點，W市南大醫院。

谷超用胳膊支撐著坐起身來，摸到床單上被汗水弄溼了一大塊。昨晚胃部那陣不適過後，自己竟暈倒在醫院的衛生間，整個身體靠著扶手滑倒在地面上，幸好蔣天翔及時發現，才和其他刑警一起把他扛到發熱隔離室去。

「額溫37.9度，肯定是發燒了，還伴有噁心嘔吐、氣促等症狀。」蔣天翔垂眸俯視著谷超，「很抱歉，以現在的情況必須進行覈酸檢測，這十四天內您只能待在這，您的同事也不能離開。」

「難道……我也被感染了？」

「檢測結果出來之前，誰也無法妄下斷語，只不過你的情況相似度非常高。如今疫情的走向看得出形勢相當嚴峻，有一個患者只因為和鄰居對談不超過半分鐘，鄰居也被感染，我勸您還是小心為上，千萬不能離開這間隔離室。幸好您在問話時選用大會議室，屋內始終開窗通風，但昨晚和您睡在同一間休息室的刑警們就很難說。」

「很抱歉，給大家添麻煩了。」

「還是祈禱檢測結果別是陽性吧。」

新的一批防護服在0點時終於送到南大醫院，蔣天翔穿上後，身形顯得壯碩許多，每位醫務人員還在防護服的右上角寫下自己的姓名。他對護士低語一番後，將消過毒的手機遞給谷超。

「我知道您也閒不下來，但要注意休息。」

「謝謝！」

谷超吃了片退燒藥，衣服被汗水浸溼，他的背部因為坐起的動作暴露在空氣裏，潮溼的汗水立即變為滑溜溜的冷意，那種冷像陶器上噼裏啪啦的小裂紋一樣，快速爬滿他的脊背。即使如此，他還是盯著手下傳來的手機簡訊無法入眠。

杜向榮個人履歷

出生日期：一九六五年九月二十九日

一九八七年畢業於H省醫學院附屬醫院衛校，曾參加H省醫務人員高級進修班學習結業

一九八八年至一九九五年先後任若田公社衛生院醫務人員、副主任醫師、主任醫師

一九九五年至一九九七年任若田公社衛生院副院長

一九九七年至一九九八年任若田公社衛生院院長

一九九九年至二〇〇一年任W市民協醫院急診科主任、業務副院長

二〇〇二年至二〇〇五年任W市民協醫院院長

二〇〇五年至二〇一五年任W市南大綜合醫院副院長
二〇一六年至今任南大綜合醫院院長

「待在南大有十五年之久啊……」

從照片上看，杜向榮的年紀雖然擺在那，但完全看不出有衰老的跡象，只不過因為經常熬夜加班，皮膚看上去粗糙了些，除此之外，每張生活照的精神頭還都不錯。

接著，谷超開啟手機的錄音系統，心裏一邊盼著趙文彬在希望村調查能有個結果，一邊重新播放傍晚前對幾位嫌疑人的問話，試圖捕獲些蛛絲馬跡。

一

谷超：您的姓名、年齡、職務。
蔡鈞：蔡鈞，影像科主任，今年45歲。
谷超：一月十九日凌晨1點左右，您在哪裏做些什麼？
蔡鈞：當然在加班啊。
谷超：一直在七層？
蔡鈞：那當然，我的辦公室就在這裏。

谷超：做些什麼？

蔡鈞：查看先前幾個肺炎患者的影像資料。

谷超：您辛苦了，有發現什麼問題？

蔡鈞：發現這次的肺炎病例其實早在一個月前就出現了。警察同志，你知道嗎？身為醫務人員，我們對不明原因的肺炎病例一定會加倍警覺，但上頭不僅要求我們不能講述此事，還要大家簽訂「保密協議」，哪怕在會上提到「肺炎」兩個字，都會被訓誡，被撤職！而且，還不讓我們戴口罩，別嚇跑病人！這還有天理嗎？

谷超：老實說，還是應急措施做得不到位。

蔡鈞：十七年前，我到過廣東，前往SARS疫情的一線擔任醫療支援隊員。別認為我嗓門大，遇到事情總顯得火急火燎，其實只是心裏的一腔怒火沒地方發泄罷了。那次疫情過後，滿以為今後如果遇上類似的事情，城市面對公共衛生突發狀況都能應對自如，可我萬萬想不到會是今天這種局面……

谷超：您的心情我能理解。很抱歉，百忙之中還找您問話，您只要告訴我凌晨1點左右在做什麼就行了。

蔡鈞：剛才都告訴你，我在看一個月前所有肺炎患者的CT。

谷超：沒離開過？

蔡鈞：沒有。

谷超：有人能夠證明嗎？

蔡鈞：小薛和我在同一間辦公室，只不過那時候他說要散散心，跑到醫院外去了，所以辦公室就只有我一個人。雖然整幢醫院是個圓筒形的建築，但對面辦公室的同事恐怕也看不見我。

谷超：說到性子急，我聽說您在開會時沒少對杜院長發火？

蔡鈞：這是難免的，從他接過一把手的位置開始，醫院的會議從沒少過。如此下去，所有人守在會議室就好了，都不用出門問診。其實，大家心裏也是一肚子怨氣，只有我當著他的面說出來而已。

谷超：您還知道平日裏有誰對杜院長矛盾比較尖銳嗎？

蔡鈞：警察同志，你可不能出賣我哦。

谷超：放心，我會做好保密工作。

蔡鈞：有個叫麥以超的，年紀輕輕就當上採購部主任，是前一任領導一手提拔起來。最近，院長對採購回來的藥品悉數進行隨機檢測，明擺著對他不信任。而且，那些藥品經常遭到醫生的投訴……

谷超：難道是？

蔡鈞：這還用問，當然是收黑錢啊。

二

麥以超：我就知道……院長一死，肯定有人興風作浪、借題發揮，趁機整垮我！

邱勇亮：姓名、年齡、職務。

麥以超：麥以超，31歲，在採購部任職。

邱勇亮：什麼職位？

麥以超：主任。

邱勇亮：部門一把手啊。年紀輕輕，爬得倒挺快。

麥以超：我知道，有人背後告我的狀。警察先生，能告訴我是哪個小人嗎？

邱勇亮：替提供線索的人保密，是我們警方人員工作的準則，請不要為難我們。不過，若您能交代其他線索，我們也會幫您保密的。

麥以超：呵呵，蔣天翔、龐娟還是郭東雨？

邱勇亮：恕我無法奉告，你跟他們都有過節？

麥以超：過節說不上，他們每次都找我的茬，說我採購回來的藥品遭到投訴，每次開會還把這個當作議題彙報，以為自己是誰啊，指指點點打壓後輩。快告訴我，到底是誰？

邱勇亮：無法奉告。

麥以超：好吧，我告訴你，其實他們三人都對杜向榮有怨恨。

邱勇亮：什麼怨恨？

麥以超：蔣天翔雖然是副院長，但工作能力相比其他高層差距不只有一個檔次，杜向榮在會上沒少數落他。龐娟嘛，憑著關係戶的門道升值，不過也只是副職……急診科的副主任，其實也只是混個薪水而已，郭東雨做決策時根本不會告知她。說白了，龐娟就是沒人瞧得上的混子。

邱勇亮：郭東雨呢？

麥以超：雖說他是急診科主任，辦事也算盡心盡力，但那傢伙為人尖酸刻薄，睚眥必報。所有得罪過他的人，過後都會被他穿小鞋。

邱勇亮：你也不例外？

麥以超：這不？連院長都查我。

邱勇亮：郭東雨和院長又有什麼過節呢？

麥以超：聽說他們倆是面合心不合，表面一套背後一套。院長是欣賞郭東雨的辦事能力，對他卻也提防有加。明眼人都知道，郭東雨想攀上副院長的位置，畢竟和他同一屆的蔣天翔已經身居高位，而蔣天翔是杜院長一手提拔的。如果你是郭東雨，你會服氣嗎？

邱勇亮：案發時間，你人在哪裏？

麥以超：案發時間是什麼時候？

邱勇亮：十九日凌晨1點左右。

麥以超：我早就下班了。
邱勇亮：在家？
麥以超：……在酒吧借酒消愁。
邱勇亮：年輕人哪來這麼多煩惱？
麥以超：最近工作不順，家裏人對我也有怨氣。其實，我已經連續5天沒回家了。
邱勇亮：都在酒吧過夜？
麥以超：也不是……算了，只要你們調查，馬上就會知道……這幾天，我新交了一個女朋友。
邱勇亮：出軌咯？
麥以超：別用那麼鄙視的眼神看我，我跟她只是玩玩！
邱勇亮：案發時間，她能證明你人在酒吧嗎？
麥以超：偏偏那天她沒時間，是我一個人過去的。酒吧的酒保說不定還對我有印象。
邱勇亮：你幾點進去的？
麥以超：晚上8點。後來喝醉睡著了，我也不清楚幾點睡過去，一直到隔天早上6點半，酒保才把我喊醒。
邱勇亮：睡得真夠久的。
麥以超：畢竟是老顧客了，他應該對我有印象……對了，我剛到酒吧時，還看到龐娟。
邱勇亮：龐娟？她為什麼會在？

麥以超：我也不知道，平常我們關係一般。我觀察她一會兒，好像在等誰。
邱勇亮：後來呢？
麥以超：然後不到十五分鐘，她就跟一個男的離開了。
邱勇亮：你有被她發現嗎？
麥以超：應該沒有。那個老頭看上去比她年紀大了至少二十歲，口味真夠重的。
邱勇亮：好吧，請你在詢問記錄上簽字。

三

龐娟：那個男的？他是我的論文導師，最近要評高級職稱才找他幫忙的……警察同志，到底是誰這麼長舌，還暗中觀察我？
谷超：十九日凌晨1點左右妳在哪？
龐娟：我已經不眠不休好幾天了。
谷超：在做什麼？
龐娟：收集急診科最近一個月的工作內容，會上要用的。
谷超：一個副主任做這些，未免太屈才了吧？
龐娟：會議也是工作內容很重要的一環，只是他們都不重視。我們上報的紙質材料如果出現什麼紕漏的話，最後會被問責的可是我。

谷超：可是妳在急診科，身為領導，有必要事必躬親嗎？

龐娟：你肯定是聽到什麼風言風語。

谷超：沒有，除非妳自己心虛。

龐娟：明早還有專題彙報，我一會兒還得忙，請你長話短說。

谷超：案發時刻，妳都在辦公室？

龐娟：對呀。

谷超：有人能夠證明？

龐娟：我想起來了！

谷超：想起什麼？

龐娟：那個時間點左右，我去了趟洗手間，好像聽到開門的聲音，好像有人在說話。但因為走道太昏暗，我也不知道是哪裏傳出來的。

谷超：是男聲還是女聲？

龐娟：男的。

谷超：聽得出是誰嗎？

龐娟：不知道。但是，不妨猜猜看。

谷超：別兜圈子。

龐娟：當時所有在加班的辦公室都是敞開的，關上的辦公室裏面並沒有人。這層樓還有哪間需要開門這個動作？

谷超：妳指的是……劉靜？

龐娟：除了她還有誰？

谷超：關於那個女孩，妳知道些什麼？

龐娟：除了蔣天翔和院長，她不會搭理別人，更別說我了。

谷超：妳認為那個男聲是他們之中的哪位？

龐娟：離得太遠，我也聽不清。

谷超：當然，妳的假設是建立在那些沒加班的科室都沒人的情形下……

龐娟：我只是提供線索，剩下的你們警方自己判斷。

谷超：據妳所知，有人和杜院長產生過節嗎？

龐娟：最直接的就是麥以超了，採購部主任。搭上前任院長的天線火箭提拔，到杜院長這就踩雷了。按我說，醫院應該出個規定，不滿35歲者不能任主任之職。

谷超：除了他還有誰？

龐娟：呵呵，看來其他人也提過麥以超，果然群眾的眼睛是雪亮的。

谷超：請回答我的問題。

龐娟：我的上司，郭東雨。

谷超：他怎麼了？

龐娟：咱們郭主任可是悶葫蘆，平常不睬人，架子大得不得了。杜院長內心看他不順眼，所以提拔蔣天翔起來，好讓他主動離開，但郭主任非得揣著明白裝糊塗，不僅繼續理所當然地坐著這把交椅，甚至還越發努力，製造輿論。

谷超：什麼樣的輿論？

龐娟：他想讓別人來評價他和蔣天翔的優劣，這樣一來，杜院長就會被掛上任人唯親的話柄。因此，杜院長十分著急，開會沒少責罵蔣天翔，恐怕後者對院長也沒少抱怨吧。

谷超：妳知道「半夏酒吧」嗎？

龐娟：……

谷超：請妳回答。

龐娟：知道啊，十八號下班後才去過。

谷超：去那幹嘛？

龐娟：誰告訴你這些的？

谷超：只管回答我的問題。

龐娟：談工作上的事。

谷超：是什麼工作上的事非得到酒吧談不可？

龐娟：我想這沒必要和你說，而且我當天晚上就回到醫院，問這個沒必要吧。

四

邱勇亮：姓名、年齡、職務。

蔣天翔：蔣天翔，40歲，醫院副院長。

邱勇亮：案發時間，您人在哪？

蔣天翔：在辦公室安排隔天的工作，畢竟現在疫情非常嚴峻，我也是當天清晨才知道龐娟他們一直聯繫不上院長。

邱勇亮：所以，平日裏院長不在的情況下都是由您主持工作？

蔣天翔：醫院的應急預案是這麼寫的。

邱勇亮：第一發現者也是您？

蔣天翔：這些內容你們谷隊長都已經問過我了，為何還要再問？

邱勇亮：現在是正式詢問，要簽字備案的，請您理解。

蔣天翔：案發當晚，我一個人在副院長辦公室，積極聯繫其他醫院和合作供應商，判斷提供新一批醫療物資的進度。畢竟快過年了，廠裏的工人很多都回老家休息，恐怕得元宵節過後才能復工。

邱勇亮：當時有看到加班的同事嗎？

蔣天翔：我是關上門辦公的，因為太過專注，所以沒有注意。
邱勇亮：副院長辦公室就在院長室旁邊，您沒注意到院長回來了？
蔣天翔：我得向你澄清一下，醫院有三位副院長，我的辦公室和杜院長的辦公室隔了三間。其他兩位高層都出差去了，所以雖然我離院長辦公室最近，卻也不能聽清些什麼。
邱勇亮：原來如此。聽說郭東雨郭主任和您同一年到這間醫院工作的？
蔣天翔：是的。
邱勇亮：但您目前的位置算是他的分管領導？
蔣天翔：我知道你想說什麼，這是一個人的機遇，也是前期選擇的結果，有時候一個人的選擇比實力重要得多。

五

谷超：請告訴我姓名、年齡、職務。
郭東雨：郭東雨。
谷超：年齡和職務呢？
郭東雨：41歲，急診科主任。
谷超：您精神不太好？

郭東雨：連續幾天沒休息，太累。
谷超：很抱歉，我知道您工作十分辛苦，但請如實回答我的問題，不會耽誤您太多時間。
郭東雨：……
谷超：明白嗎？
郭東雨：明白。
谷超：二〇二〇年一月十九日凌晨1點左右，您在哪裏做些什麼？
郭東雨：左右是個什麼概念？偏差幾分鐘？
谷超：30分鐘。
郭東雨：直接問我凌晨0點30分至1點30分不就得了？
谷超：也可以這麼說，看得出您平時工作很細緻。
郭東雨：急診科，煩心事很多，管理起來不容易。
谷超：當時您在辦公室嗎？
郭東雨：1點15分之前我在手術室。
谷超：做手術？
郭東雨：山路坍方，好多人被埋了，需要有手術經驗的醫師增援，所以就把我叫上了。
谷超：手術室在……六層，就是辦公區樓下？
郭東雨：對。

谷超：過程中想必要跟很多同事打交道。
郭東雨：麻醉辦公室、護士辦公室、設備間、手術室，都有人看到我。
谷超：那麼1點15分之後呢？
郭東雨：忙完後我就回家了。
谷超：開車嗎？
郭東雨：打車，我這人很少開車。
谷超：上車時間是否還記得？
郭東雨：凌晨1點40分。
谷超：下樓花了二十分鐘？
郭東雨：因為還得回辦公室收拾一下。
谷超：有人證明嗎？
郭東雨：沒有。
谷超：那就是沒有不在場證明咯。
郭東雨：隨你怎麼說。
谷超：聽說您因為蔣天翔的提拔而憎恨杜院長？
郭東雨：我可沒這樣想。
谷超：您沒有什麼要解釋的？

郭東雨：不需要解釋。我累了，可以回去嗎？

谷超：好吧。如果後續有需要，還請您務必配合。

谷超只覺身心疲憊，卻總是無法入睡。他看了看進度條，只走到一半的進程，但後續問話的幾位嫌疑人全都有不在場證明，其中一些中層在0點之前都已經回家，在醫院加班的，彼此間也能證明。

——蔣天翔、蔡鈞、龐娟、郭東雨。

這四個人在小刀的刀柄和天臺的爬梯上都留有指紋，且或多或少擁有憎恨杜向榮的理由。而經過警方確認，同樣有殺人動機的麥以超則在「半夏酒吧」熟睡到隔天清晨，與他相熟的酒保可以做他的不在場證明人。

——嫌犯果然在這四個人之中。

國外的刑偵理論，有句老話叫作「尋找犯罪的最終受益者」。也就是說，刑警們偵辦案件時要具備一種偵破思路，首先要在嫌疑人中揪出可能會從案件中取得好處或潛在好處的，將他列為重大嫌疑人重點偵查。

——對兇手來說，殺害杜向榮會有什麼大收益呢？

殺人畢竟是重罪，上述嫌疑人雖然在工作上或多或少和杜向榮有過衝突，但看起來並不至於痛下殺手，究竟是什麼動機能將殺人變成天平上的砝碼，用生命來衡量？

第九章

趙文彬將鬧鐘設在凌晨2點。

梁秋雄說雄風賓館設施比不上城市裏的三星酒店絕非客套話。賓館的噴頭散發著鏽味，沒幾分鐘熱水就轉涼，趙文彬一度打起寒顫。此時，趙文彬躡手躡腳地把門打開，幸虧他早早意識到隔音設備的簡陋而特意挑選了位於二層走道的房間。另一方面，劉靜的睡眠很淺，又粘著自己，死活要住隔壁間，趙文彬不得不把手機鬧鈴聲調到最低。

他瞥了一眼劉靜對面房的余明春。

來到希望村後，才知道余明春是個老酒鬼，他那沉甸甸的醫藥箱裏不止裝著醫療用品，還有一壺壺二鍋頭。見余明春房間並未散發出亮光，趙文彬舒了一口氣，躡手躡腳地走下樓。

前臺值班的只有一位四十左右滿臉鬍渣的中年男子正在低著頭玩著手遊，看上去並沒有在意過往的客人。當趙文彬接近時，男子才把目光從一直在玩的手機移開，擡頭望了一眼。

趙文彬心想，若疫情出現擴散爆發之勢，整個城市的賓館生意勢必會受到巨大影響，它們極有可能被徵用為隔離站。

沿著事先規劃好的路線，趙文彬一路上沒遇到任何人，只是村子裏野貓野狗較多，其中幾隻

還對他吼叫了幾聲。
杜向榮的宅邸如今就在眼前。
——裏面會不會有少女A的屍體？或是手記裏那個男人的木乃伊半成品？
趙文彬這麼想著，杜向榮殘虐女孩的景象不禁浮現在腦海。想到這裏，他下意識地捂緊鼻子。
杜向榮的老宅就是農村裏隨處可見的火柴盒戶型，共有兩層。趙文彬四下觀望一番，決定沿著一層飄窗凹凸處一躍而上。論彈跳力，趙文彬在警隊裏可是數一數二的，他很輕鬆地來到杜向榮家的二層。他的鼻子很靈，仔細嗅聞，的的確確從屋內傳來一股淡淡的金屬氣味，他心裏隱約泛起一股不祥預感，只不過遠沒料到事件的嚴重性。
在不遠處，一個詭譎的人影早已捕捉到趙文彬的蹤跡，一路上悄無聲息。若在平時，趙文彬一定有所察覺，但如今他的注意力全都集中在閉鎖的落地窗，費了好大勁才將門鎖撬開，來到屋內。
「啊，好臭！這是什麼味道？」
濃烈的刺鼻氣味撲面而來，趙文彬一邊捂住鼻子，一邊謹慎地拉上窗簾。他打開手電筒，第一眼便被嚇了一跳——一大片褐色的血跡！
「啊！」
趙文彬心裏一寒，下意識地叫出聲。

在他眼前的是一片鮮紅，這是名副其實的「血屋」。

上一次看到這幕景象還是在遊樂園裏，趙文彬胃部突發一陣不適。二層看上去應該是杜向榮的寢室，原本白色的牆壁都已經被紅褐色的血跡噴濺，就連木梯上的把手都是！

雖然血漬早已乾涸，可趙文彬把口鼻裹得更緊，擔心自己一不小心在犯罪現場吐了出來。

緊跟在後的人影守在一層，目光冷冽地盯著屋內的一切，當那人看到隱約有一束光自上而下移動時，手裏已經握緊「那樣物品」，隨時準備行動。

「杜向榮這個殺人魔！從現場的血量來看，手記裏的那兩個人絕對已經喪命，只不過現在並未找到他們的屍體。」

撥打出去的電話並未接聽，趙文彬心想谷超興許已經累趴了，所以改用微信錄製視頻的方式匯報情況。

「一層還發現杜向榮分割屍體的各種型號的電鋸，上面還隱約能看清人類的肌膚碎屑。還有，手記裏的刑具都堆在這裏。」

趙文彬想起警隊裏的前輩講的故事。

那是讓一個國家重新恢復死刑的變態殺手，烏克蘭的阿那托裏·奧諾普力克在六年的時間裏至少殺死五十二個人，他單純地通過殺人來尋求刺激，否則他無法活下去，只會覺得自己像個機器人，沒有活著的感覺。

阿那托裏·奧諾普力克第一次下手便屠殺八個人，那是為了搶劫，迫於生計，於是他把偷竊對象全家一併殺害，由此一發不可收拾。在兩個月後，他又故技重施，將修理工一家三口悉數殺死，並稱「屍體味道很臭，殺了他們只是因為單純喜歡這樣做而已」。還有一次，瘋狂迷戀於殺人快感的阿那托裏・奧諾普力克拿著槍潛入一戶人家，他二話不說先將男主人恰特和他的兒子擊斃，然後用錘子把女主人殺死，上述的一切被恰特的女兒看到了，她十分害怕地躲在屋子裏，祈禱阿那托裏・奧諾普力克不要發現自己。但是，喪心病狂的他將房門砸開，殘忍地把小女孩砸成肉醬。短時間內，整個烏克蘭有數十名無辜的生命終結在阿那托裏・奧諾普力克手裏，於是這樣殘暴的惡行不得不讓烏克蘭法官破例判處死刑。

「他和殺人魔有什麼區別？」

就連一層都是噴湧的血跡，趙文彬一股無名火在心中燃燒。他將犯罪場景悉數拍下，然後輕輕推開窗戶，讓新鮮空氣流通進來。

就在這時，從飄窗下竟伸出一隻電擊棒，趙文彬還沒來得及反應，大腦頓時感到短促的劇痛，一下子失去知覺。

「我還……活著嗎？」

一陣灼熱的感覺。

趙文彬一度懷疑自己進了殯儀館的火葬場。待周邊的場景逐漸清晰後，他明白了，在開窗的瞬間被兇手襲擊，對方用電擊棒電暈了自己，然後點燃汽油，企圖把他連同杜向榮老宅一併燒燬。

燻黑翻騰的煙霧不斷刺激著趙文彬的雙眼和鼻腔，屋頂的樑柱「啪嗒」一聲轟然崩落，幸虧趙文彬躲閃及時，否則將永遠爬不起來。他用手腕護住雙眼，試圖看清現場的情況，剛才打開的那扇窗已經被兇手關緊，鐵門被壓壞變形，無法踹開，房屋內僅有的武器便是那把鋸子，但要拿起已被燒灼至滾燙的武器簡直是天方夜譚。

屋內擺放在架子上的玩偶或許是杜向榮留給少女A的，在熊熊烈火的包圍下，玩偶開始變形，捲曲的絨毛不斷縮小，最終化為粉末。玩偶那望向趙文彬的臉龐因為扭曲而變得哀傷起來，彷彿在暗示著趙文彬，他已經身處絕地，無法逃脫。從屋外的叫喊聲判斷，那應該是希望村的村民，消防官兵尚未到達救援現場。

「對了。」

趙文彬在絕望之際，右手掏了掏自己別在背部的配槍。

「事到如今，還是保住性命要緊。」

他對著窗戶上鎖的位置發射三枚子彈，終於將窗鎖擊飛，緊接著深吸一口氣，用最快的速度朝窗外衝刺。

在一片火海中，趙文彬飛起右腿，狠狠地踢向窗戶玻璃。在吸入過多一氧化碳而失去知覺前，趙文彬彷彿聽到玻璃破裂的聲音……

中國境內「新冠」肺炎病例通報

截至二〇二〇年一月二十二日0時0分，中國境內確診「新冠」肺炎病例440例。

H省啟動突發公共衛生事件二級應急響應，並對W市進出人員進行嚴格管控，中國境內正式進入非常時期。

第十章

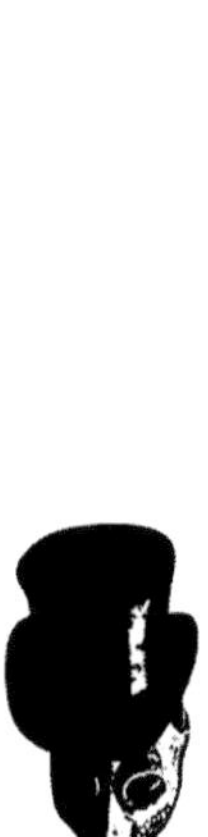

二〇二〇年一月二十二日凌晨3點，谷超被確診為「新冠」肺炎患者，在重症監護室裏通過呼吸機維持生命，病情急轉直下。由於發病前後防護措施適當，隨同調查杜向榮案的刑警和醫務人員暫無一人被感染。

谷超覺得呼吸困難，CT的檢測結果也證實了覈酸檢測結果，他的肺部已經呈現明顯絮狀，雙肺嚴重感染。

「如今我們收治的肺炎病人有85人，在這的重症患者有24人，情況不容樂觀。」

「從現在開始，立刻調集醫院內所有物資，分配給醫務人員。」

「副院長，現在物資已經消耗殆盡了。我們只能向政府請求援助。」

「消耗得這麼快？」

「你看看候診室的患者，已經排成長龍，而且他們中的大多數人沒有戴口罩，萬一人群裏有一個人是『新冠』患者，所有人都面臨著被感染的風險。院內需儲存的醫療物資保守估計也得是現在的三五倍。」

「三五倍？我們哪弄得來這麼多！」

「為今之計只能請求社會支援，沒有其他辦法了！」
「社會支援？開什麼玩笑！這樣我們南大醫院會成為市裏、省裏，甚至全國的笑柄。」
「這時還顧得上什麼面子？政府一時半會兒根本無法解決醫療物資緊缺的問題，我們只能向社會發出公告。」
「容我再想想。」
蔣天翔和郭東雨一前一後快步走進重症病房，雖然都身穿防護服，戴著護目鏡，但和在場的醫務人員一樣，都已經穿了兩天。郭東雨心裏盤算著大夥兒估計得把這身裝備穿到春節後。
「刑警先生的情況如何？」蔣天翔問守在谷超身旁的醫生。
「很不樂觀。重症患者的特點就是呼吸困難、肺纖維化，有時候氧氣很難輸得進去。」
「還能撐多久？」
醫生把蔣天翔拉到一邊，憑先前診治的病例推測，就算谷超身為刑警一時半會兒還熬得住，但兩天後病情很可能危及他的生命。
被醫療器械包覆著的谷超半睜著雙眼，和幾天前的意氣風發相比簡直判若兩人。
「郭主任，刑警先生好像有話要說。」
「我看看。」
郭東雨垂眸凝視谷超，面對眼前這個人，谷超的臉猶如火灼一般，像有千百根針插進大腦，他竭盡全力想告訴在場的人什麼，但嘴巴就是一張一合的發不出任何聲音，他下顎的神經似乎完全不受自己控制，兀自抽痛起來。

「您還是先好好休息，養精蓄銳要緊。」

一陣清涼的刺痛襲來，谷超再次合上雙眼。

他做了個很長的夢。

「尼克斯・烏伊爾。」

不知從哪傳來的聲音。

「誰在叫我？」

「尼克斯・烏伊爾。」

「誰？」

「是我，我在這兒。」

天空正飄著大雪，城堡的一角，雪堆積成了一座小山，在頂端處露出了兩隻黑洞洞的眼睛，說話時還閃爍著紅光，那不是人類的眼睛。

「你是……」

「親愛的勇士，你好！他們都叫我鐵皮人。」

尼克斯・烏伊爾撥開堆在鐵皮人身上的白雪，驚訝地發現鐵皮人和自己差不多高，不論軀體、雙腿、手臂……身體構造和人類一模一樣，只是看上去都像由鐵塊打造而成。它站起身時，還發出「嘎嘎」的響聲。

「很高興見到你。」鐵皮人友好地和尼克斯・烏伊爾握了手，「在這寒冬裏除了我們的勇士尼克斯・烏伊爾外，還有第二個人敢出門嗎？我的朋友，聽說你為這裏百姓的幸福甘願奉獻一切是嗎？」

「有什麼要我幫忙的事嗎？」

——別答應他，別答應他。

「不好，病人情況好像惡化了，體溫一直在上升，現在已經39.4度。」

「呼吸呢？」

「呼吸困難。」

「中心供氧通道修復好了沒？我們不能一直用氧氣瓶！」

「不行，中心供氧系統的氧壓十分不穩定，現在只能用氧氣瓶。」

「可惡！」

谷超已經分不清夢境和現實，他只覺得自己就是尼克斯・烏伊爾，狡猾的鐵皮人就在自己眼前，但外面卻傳來醫生、護士們的聲音。他已經無法睜開眼，自己身體根本不聽使喚，只能根據流動的空氣判斷，自己正被擡進其他地方。

「快，做好上ＥＣＭＯ（體外膜肺氧合手術）的準備。」

說話的好像是郭東雨。

「對不起，你說的事我實難辦到。」

「什麼？」鐵皮人收斂微笑，終於露出猙獰的表情，「你可是荊棘王國的勇士，沒有你辦不到的事！」

「因為你說的這些東西，我一個都沒見過。」

「咳，我再重複一遍。智慧藥丸，在城裏西北邊的藥鋪就能買到。對，就是綠色的那顆，據說吃了能恢複智力，這是我急需的。其他幾樣分別是火藥、熒光粉和熏香，這些物品你平常應該都見過呀。」

「我是個戰士，火藥和薰香自然見過。可熒光粉和智慧藥丸是……」

「真傷腦筋哎，熒光粉就是撒上之後在夜裏都能被照亮的好東西。」

「你要照亮誰？」

「當然是稻……哦，不，照亮我自己。」

「智慧藥丸呢？」

「就是綠色的藥丸，在藥鋪就能買到了。」

「為什麼藥鋪會有你們鐵皮人的藥丸？」

「我的朋友，救人一命勝造七級浮屠，別再跟我饒舌了。」

「在你說清楚前，我不能幫你。」

鐵皮人無奈，只好打開身體，一顆顆綠色的藥丸出現在尼克斯・烏伊爾面前，「看明白了吧，就是這樣的藥丸。」

「你自己不是有嗎？還那麼多。」

「我的朋友，你到底願不願意合作？」

「如果我說不呢？」

「那就休怪我無情。」

鐵皮人從身軀裏緩緩探出腦袋，那顆腦袋根本沒被稻草人割下，白皚皚的雪堆裏接連冒出許多鐵皮人，尼克斯・烏伊爾感到大事不妙，自己被團團包圍。

——綠色藥丸，到底是……

谷超希望自己能夠看得更清楚，明明近在眼前，但就是無法辨別鐵皮人身體裏的東西。他的的確確見過，而且還經常擁有的東西……

——啊，難道是？

谷超忽然睜開雙眼，他彷彿明白童話的祕密，只不過身體如今已非自己所能掌控。

「先生，請您保持冷靜。」穿著防護服的護士安慰道，聽聲音應該是個年輕女性。

——我是……在手術室？

「不好了，郭主任！手術用的導絲已經沒了。」

「怎麼可能？」

「重症患者太多，前期的手術已經全部耗盡，現在只能等供應商加緊補充。」

「要多久？」

「他們說一個小時。」

「一個小時？知道在這裏做手術的都是重症患者嗎？」

「可外頭交通秩序一片混亂，很多民眾陷入恐慌。一個小時也只是他們的保守估計。」

「什麼？你在城裏看到了鐵皮人？」

重傷的尼克斯・烏伊爾幾乎爬著來到城外，稻草人組成的防線理應萬無一失，勇士說的話令它們大感意外。

「城內……城內的鐵皮人至少十幾個。」

「不可能，鐵皮人是怎麼通過我們的防線的？」

「他們的身體裏只有綠色藥丸，除此之外空無一物。」

「原來那些傢伙把自己的心臟掏空，讓我們無法察覺他們邪惡的內心。那根本不是綠色藥丸，而是鐵皮人運輸的物資。」

「物資？」

「那是鐵皮人的糧食，他們企圖在這裏建立鐵皮人帝國。」身為荊棘王國的守護者，稻草人立即組織兵力衝進城內。其中幾人攙著尼克斯・烏伊爾回去，渾身鮮血的模樣把他的妻子喬妮嚇了一跳。

「尼克斯，你怎麼了？」

「他遭到暗算，我們立刻把他攙到神醫那兒治療。」

「瞧我，都慌了手腳，有什麼可以幫忙的？」

「只要安靜地待在家裏就行，外頭太危險了。」

「不，我一定要幫到大家。」

「親愛的喬妮，聽我句勸吧。妳是女孩，我們是守衛，哪有讓女孩冒險上前線的說法。」

「您看，我的手臂雖然瘦小，但很結實。」

喬妮摘下黑色棉手套，裏面竟露出比那更黑的兩隻手。稻草人嚇了一跳，只見喬妮的笑容開始變得詭異起來。

「還有，我的雙腿雖然被褲襪束縛，但依舊收縮自如。」

隨著「嘎嘎」的聲響，喬妮突然一下子高出許多，她的身高已經是稻草人的三倍有餘，像凝視著螞蟻一般凝視它。稻草人杵在那已經不知道說什麼好，它看見喬妮的嘴已經咧到了耳根，儼然成了怪異的魔物！

「喬妮，妳該不會……」

「哦，對了，守衛先生，您看我的肚子，裏面可是滿滿的智慧。嘎嘎嘎嘎嘎嘎！」

喬妮的身軀像艙門一樣開啟，裏面滾落著一顆顆綠色的小珠子。尼克斯・烏伊爾看著自己的妻子忽然間變了模樣，驚訝之餘忽然想起過往的種種。

——為什麼喬妮會出現在戰場，用馬車帶走自己？

——那隻信鴿，為什麼她有烏干達的信鴿？

——為什麼鐵皮人會盯上自己？

——為什麼鐵皮人會知道藥鋪裏有綠色藥丸？

「可惡的女人，妳是敵國的內奸！」稻草人放出信號燈，將喬妮團團包圍。

——年長的姊姊牽著小妹妹的手，她們一起在茫茫世間漂流。

尼克斯・烏伊爾的耳邊彷彿還縈繞著初次見面時那個叫喬妮的小女孩唱的歌，歌聲就像催眠曲一般。眼前的一切都變得十分模糊，任憑情勢如何緊張，所有事情彷彿和自己再也沒有任何牽連，勇士緩緩閉上雙眼，再也沒有醒來。

中國境內「新冠」肺炎病例通報

截至二〇二〇年一月二十三日0時0分，中國境內確診「新冠」肺炎病例571例。

當天凌晨，W市宣布上午10時0分起「封城」。

第十一章

似乎是聽到什麼聲響，趙文彬緩緩睜開眼睛。外頭的光線讓眼前的輪廓漸漸明晰，一片雪白的牆壁映入他的眼簾。趙文彬一時間沒有反應過來身在何處，他眨了眨眼睛，一張小巧玲瓏的面龐正擔心地望著自己，那是劉靜。

「……我沒死？」

「呵呵，你從房子裏衝了出來，幸好村長他們及時發現，才第一時間擡著你到衛生所。」

「這裏是希望村的衛生所？」

「是啊。」

趙文彬苦笑了一下，這才察覺自己正躺在硬實的木板床上，金屬點滴架正連著生理食鹽水袋，和自己的右手綁在一起。村裏的衛生所無法和城市的診所相提並論，房間外被報紙封住的窗戶上，一個朦朧的身影正朝裏走來。

「小兄弟，感覺好些了？」

由於背光的緣故，趙文彬無法看清林昕傑的臉色。只覺得他臉上似笑非笑，一股陰沉的氛圍籠罩著自己。

「啊……村長先生。我睡了多久？」

「一天一夜，現在是二十三號早上10點半。在你昏睡的這段時間，W市全市『封城』，希望村也一樣，除非涉及到公眾安全的事情必須外出，否則一個個都得老實待在家裏。」

林昕傑聲音越來越低沉，似乎意有所指，他瞅了瞅棕色桌檯上的外套，那是趙文彬的外套，被大火燒去了三分之一。

「我是第一次見到配槍的醫務人員。」

「……」

趙文彬這才想起，自己為了逃離火海，情急之下用配槍將窗上的不鏽鋼鎖釦打飛，並沒有顧及事後身分是否有暴露的風險。一旁的劉靜發現大事不妙，卻又無能為力，在趙文彬的眼神示意下先行離去。

「你們來村子裏查些什麼？」

林昕傑背對著他，低沉的語氣中透著威嚴。

「有人襲擊我，並且還打算一把火燒掉杜向榮家，還不夠說明問題？」

「事情總有個先後順序。小兄弟想必是來調查你們『杜院長』的案子吧？」

「難道您有所隱瞞？」趙文彬反問道。

「我沒什麼好隱瞞的，是你們在暗中潛入村裏。當然，其中包括杜向榮自己，萬萬沒想到他看起來文質彬彬的，卻是這種人。」

「你們一直沒察覺杜向榮有這種癖好？」

「一個老實本分、開朗健談的人，誰也不會把他和殺人魔聯繫在一起。」

「你們看了我的手機視頻？」

「逃出火場後，小兄弟像寶貝一樣抱著它，誰都感到好奇。現在屋子完全燒燬了，只有你手機拍下的照片和視頻勉強可以作為證據。」

「你把它們刪了？」

「當然沒有，我也是個講道理的人。」

「也就是說，你們已經報警了？」

「這就是我要和你談的事情。」

「你們不想讓警方知道，對嗎？」

「我的意思是，既然人已經不在了，調查不必急於一時。當然，我一定會讓警方來村子裏調查，只是時間上……」

林昕傑在房內來回踱步，似乎想說什麼但又不方便開口。趙文彬發現劉靜還守在屋外，不時朝裏探出腦袋，在她身後的還有一個熟悉的身影，那是梁秋雄的孫女，還是一副不苟言笑的模樣。

——她在關心我？

趙文彬感到很意外，初次見面時明明看起來這麼討厭自己。但她好像知道希望村的一些祕密，以多年的辦案經驗來看，找年齡較小的知情者作為突破口是上上策。趙文彬轉念一想，自己暴露身分之後，村裏人勢必會加大守護祕密的力度，況且此時的他尚且不知道那個祕密究竟影響希望村的哪個方面。他們不希望屍體被發現？抑或不想讓杜向榮名譽受損？一切無從得知。趙文彬此時能感受到的只有刺鼻的酒精和消毒水氣味，外頭村幹部正用村內廣播提醒村民切勿外出，可他依稀能從門外看見不少年輕人在走動。

——他們究竟在做什麼？

調查杜向榮家的任務雖不能說完全敗北，但是當天就暴露自己的刑警身分總是不好向上級交差，一瞬間趙文彬又感到無地自容。

「考慮好了嗎？」

「啊？」

「我問你，是不是答應了？」

「答應……什麼？」

見趙文彬全然把自己的話當作耳旁風，林昕傑有些惱怒，他站在趙文彬身前，拚命地克制心中的怒氣：

「我是說，推遲搜查的事。」

「這得讓我請示領導後，才能做決定。」

「好吧，我告訴你……你的同伴都被我扣下來了，你沒得選擇。」

「他們真的是醫生，來支援村裏的、貨真價實的醫生。村長先生，你不能這樣！」

「哼！誰知道你們打著什麼樣的算盤。」

「這麼說，希望村真的有不可告人的祕密？」

「沒有。」

「那為什麼不允許我們調查？」

「人已經死了，你們找屍體又有何用！」

「至少得讓我們查清楚，屍體的身分，被殺的少女到底是誰。」

「你們只要知道，被害者早就被殺，兇手也受到應有的懲罰，這就夠了。」

「這可不是我說的算，也不是您說的算。」

「小兄弟怕是不肯配合？」

林昕傑緩緩蹲下身，直勾勾地盯著趙文彬。趙文彬也不甘示弱，同樣回以更加凌厲的目光。

「很好，那就繼續僵持下去。不過，我已經把你的手機，連同其他五個人的手機全部扣下來，這是我的底線。」

趙文彬心想，自己已經把消息和視頻在第一時間發給谷超，他們理應有所安排。但他沒有料到，此時的谷超已經徘徊在生死邊緣，在鬼門關口掙扎著。

「你沒事吧？」

村長前腳一走，劉靜後腳就闖了進來，另外一個女生則慢悠悠地跟在後面。

「發完火是不是感覺好多了？」
「才怪，頭好像更疼……」
「真不夠意思，昨天撇開我自己去調查！」
劉靜撇著嘴抗議道。
「我敢保證妳一進去會被嚇死的。」
「聽他們說，視頻裏滿屋子都是血？」
「可不？整整兩層的血。」
「那一定很臭！」
「重點不在這。」
「裏面有屍體嗎？」
「沒有，倒發現很多中世紀的刑具，看來杜向榮平常用它們來取樂。」
「沒想到……父親是這樣的人。」
「對不起，我之前瞞了妳手記的事，其實杜院長把一切犯行都記在上面。根據那本手記的內容推斷，他應該是將一位少女還有她的父親的肉體切割，然後把它們埋在希望村的各個角落。」
「……」
劉靜用手捂著嘴，不知是因為趙文彬的描述感到反胃，還是對養父的變態行徑失望，趙文彬只能好言相慰。

「我們此行的目的不正是調查事情的真相嗎?別難過了。」

「那好，晚上我搬過來睡。」

趙文彬見女孩目光堅定且毫無一絲懼色，回道：「出了這事才知道我連自己都保護不了，勸妳還是別冒這個險了。」

「可我們有言在先，這最後的兩三個月一定要查清真相。」

「現在所有物證都毀了，連外界都無法聯繫上。妳說我們該調查什麼?找誰調查?」

「……那個，聽說你是警察?」

趙文彬這才留意到一直站在病床旁一言不發的女孩，她那與年齡不符的成熟聲線令趙文彬印象深刻，而且依舊是一副不知所措的拘謹模樣。女孩雙手搭在胸前，典型的防禦心理。

「如妳所見，我是一名刑警。」

「原本計畫暗中調查，但第一天就暴露了嗎?」

仔細一看，女孩的輪廓和劉靜很像，雪白的臉上同樣沒有半顆粉刺。她同情地看著趙文彬，後者深感希望村之行會永遠成為職業生涯中抹不去的污點，更會成為同事們茶餘飯後的最佳談資。

「快別揭我的短，妳找我有什麼事才對吧?」

「事實上……梁秋雄……我爺爺不讓我說。」

「稍等，我該稱呼妳……?」

「梁玉萍，叫我玉萍就好。」
「玉萍妹妹，妳想說的究竟是什麼祕密？」
「村裏原本沒多少年輕人，不過從去年十一月底開始，他們一個接一個的都回來了。你們說的杜老師……我曾經看到他鬼鬼祟祟地跑去見村長。」
「他去找林昕傑了？」
「嗯。但村子裏有規矩，誰說了這事就會被視作敵對勢力……但、但是，我認為他們一定是在做不好的事。」
「妳有發現什麼嗎？」
「我看到他們在研究刑警先生拍的視頻，那個杜老師是十惡不赦的大壞蛋。他和村長那麼要好，肯定有問題。」
「他在村裏跟誰比較要好？」
梁玉萍畢竟還年輕，答起話來缺乏條理性，趙文彬只好一步步誘導。
「村長，他和村長關係最好。」
「他們平常聊些什麼，妳清楚嗎？」
「不太清楚，不過肯定不是什麼好事。」
「為什麼這麼認為？」
「他們經常談到『錢』這個字。」

「錢？」

「對，我父親告訴我那不是什麼好東西。」

「呵呵，可沒錢萬事行不通。」

「村裏一下召集所有年輕人回來，一定也是村長的主意。」

「他們回來後都在幹什麼？」

「在廠裏幹活。」

「廠裏？什麼工廠？」

「是一間藥廠。」

「什麼時候建的？」

「應該是去年年初。」

「藥廠有這麼大吸引力，把城市裏的年輕人都喊回來？」

沒等梁玉萍開口，門外傳來一個聲音，嚇得她再也不敢說一句話。

「藥廠是村裏出錢辦合資的，咱們這個希望村財力有限，在村長的領導下決定和藥廠合作，在村裏建造藥材生產基地。」梁秋雄雖然臉上堆著笑容，但雙手狠狠地搭在梁玉萍的肩膀上，後者頓時面如土色，向趙文彬投來求救的眼神，「小兄弟，還有什麼要問的嗎？」

「不，沒什麼。梁主任為何這時候過來？」

「刑警先生，還有和你同行的小姑娘……我問你們，其他四個人確實是醫務人員？」

「千真萬確。」

「這可就傷腦筋了。」

「怎麼回事？」

「村長他堅決不答應他們和南大醫院聯絡，認為那四個人也是警方派來的。」

「只要和蔣副院長聯繫就能澄清。」

「但是他就是不願意。」趙文彬這才注意到梁秋雄右手攥著的是自己的警察手冊，「這本子是你的吧？落在火場，有幾頁還燒焦了。」

趙文彬接過手冊，心想一定早已被村長他們研究一番。正如對方所說，手冊已經被火場的濃煙熏黑，其中幾頁還殘了一塊。

「請問有筆嗎？」

「有。」

「借我一下，謝謝。」趙文彬決定重新整理兩起案件的疑點，藉以濾清頭緒，「最近半個月內，有外人進入希望村嗎？」

「進來的都是村裏的年輕人，並沒有一個外人。」

「杜向榮最近有沒帶著大號拉桿箱回來？」

「……經你這麼一提，的確有。」

「什麼時候？」

「應該是上週，我還和他打了招呼，他說教學用的教材實在太多，課程已經結束，丟掉太可惜，所以就帶回村裏了。」

——這樣一來，和手記的時間點完全吻合。

趙文彬一邊思忖著，一邊翻開警察手冊，將新增的疑點一一補充進去：

杜向榮案：

一、HowDunIt

1、兇手是如何將死者以詭異姿態呈現在大眾面前？

2、兇手刺殺杜向榮的時機（結合小薛的證詞）。

3、為何案發當晚，杜向榮回辦公室後沒有發現「阿茲特克小刀」被偷竊（結合小薛的證詞）？

4、出現死亡留言時兇手為何沒有及時抹去？

二、WhoDunIt

1、從現場的狀況判斷，嫌疑人範圍鎖定在七層的職員，揹著屍體的真的是青年男性嗎？

2、刀柄上的指紋和固定鐵質爬梯上的指紋（兩者交集便是嫌疑人範圍）。

3、「尼克斯・烏伊爾」的死前留言是否意味著兇手的身分？

4、杜向榮手記裏的少女A是誰？是否某人因為看過手記而對他痛下殺手？

三、WhyDunIt

1、兇手將被害人打扮成中世紀「鳥嘴醫生」的模樣，其動機為何？
2、十七年前的命案是否和杜向榮案有關？
3、為何杜向榮對《光榮的荊棘王國》異常敏感？
4、兇手的行兇動機是否來源於杜向榮的黑色記事本所述內容？

「血屋」案

一、HowDunIt

1、杜向榮是如何將少女A（或還有另一名男性死者）的屍體埋在希望村？
2、杜向榮如何在自家房間灑滿少女A的鮮血？（目測犯罪現場噴灑出的血量足以致死）
3、杜向榮使用何種方法讓被囚禁在房間裏的少女不向外界發聲求救？
4、杜向榮是否真的採用凌遲的手法對待少女A？

二、WhoDunIt

1、「血屋」外襲擊自己的究竟是誰？
2、襲擊者是否可能是杜向榮的幫兇（考慮埋藏屍體需要花費大量體力）？
3、襲擊者根據什麼知道我是一名刑警？
4、縱火者和襲擊者是否為同一個人？

三、WhyDunIt

1、杜向榮為何在自家房間灑滿少女A的鮮血，是否因為某種「儀式感」？

2、從杜向榮的犯行來看，過往一定發生過類似的殺人案，他這麼做的動機只是排解工作上的不順？或另有隱情？

3、襲擊者目的是否只為殺人滅口？

4、「血屋」案和杜向榮案是否完全關聯？

綜合兩起案件，趙文彬對「推理三要素」各提出四個問題，待解決問題共計二十四個。不僅一天比一天多，而且目前全無頭緒。此時，他的腦海浮現出在南大醫院的師兄，然而在整個村子的監視下，自己無法同外界聯繫，如今只能靠自己。

「對了，剛才您為何問我其他醫務人員的事？」

「是這樣的。上週連續返回好幾十號年輕人，其中大約有十個今早出現異常反應，他們有的突然發燒，有的氣促、咳嗽，這和余大夫昨天說的情況一致，不知是否……」

「那還猶豫什麼！趕緊解除禁令，把密切接觸者隔離起來，讓醫生治療！」趙文彬突然坐了起來，他感到不可思議，村長只為一己之私，竟置村民性命於不顧？

「刑警先生別急，村長已經叫衛生所的醫生、護士前去治療了。」

「他們有防護用具嗎？」

梁秋雄搖了搖頭。

「那還不趕緊請余大夫他們做檢測？」

「村長說已經上報了，而且也通過廣播讓密切接觸者在事先安排好的隔離區裏進行隔離。」

「你們知道這個病毒的嚴重性嗎？但凡和感染者近距離交談十五秒鐘，都有大概率被傳染的風險。」

「我知道。但這時節也只能請你向村長解釋了。」

趙文彬立刻拔出輸液針頭，顧不得噴濺出來的鮮血，一瘸一拐地朝村長家奔去。而留在衛生所的梁秋雄則蹲下身對嚇得面色蒼白的孫女冷冷地說道：「什麼話該說，什麼話不該說，千萬記住咯。」

然而，他們都沒注意到，此刻站在身後的劉靜那俏麗的面容竟變得扭曲，她正對梁秋雄投以詛咒般的眼神。

第十二章

「快……快讓我……和趙文彬說話……沒時間了……」

由於遲遲等不到手術用的導絲，郭東雨在手術室外心急如焚。驚人的意志力讓谷超重新睜開雙眼，護士們只能通過微弱的聲音判斷谷超在說些什麼，她們先是讓谷超觀看趙文彬前日凌晨發的三個視頻，連她們自己都被嚇得不輕。谷超心裏儘管非常擔憂弟子的處境，恨不得直奔希望村問個清楚明白，但無奈自己連說話都是一件難事。

「主任，您看是否該讓谷先生和趙警官通話，由我們負責轉述？」護士長請示道。

「好吧，但時間不能過長，千萬叮囑谷隊長保持心態平和，等導絲一到，我們立即開始手術。」

「明白了。」

護士長安排其中一位護士撥打趙文彬的電話，但遲遲沒有人接聽。不止如此，同行的所有醫生電話都無法撥通。

「難道他們有危險？」

屋漏偏逢連夜雨。郭東雨內心又泛起不祥的預感，蔣天翔見狀立即撥打林昕傑的電話，這才有人接聽。

「蔣院長，您可不夠厚道啊，竟然安插了兩個刑警來村裏。想查什麼呢？」電話那頭傳來林昕傑的聲音，聽得出他就在等蔣天翔這通電話。

「聽著。現在人命關天，救人才是第一要務，個人恩怨日後再談。趕緊把派去的醫務人員都給我放了，聽到沒？」

「我當然知道人命關天，這兒有個混小子剛才也這麼教訓我，讓我很不高興。」

蔣天翔心想，對方指的應該是趙文彬。

「如果你們希望村有人被感染，後果你是知道的。」

「我最討厭被人威脅。不過一碼歸一碼，我同意把人放了，但這位刑警連同那個女孩必須在我的監視下行動。」

「這點自然沒問題。」蔣天翔的語氣稍微緩和下來，「現在他的師父生命危在旦夕，可否讓他們師徒倆溝通，你們在電話那頭聽著就行。」

「……也罷。」

林昕傑將電話遞給趙文彬，當他得知自己的師父在重症監護室時，一個勁地對著電話咆哮。

「谷隊長的話現在由我轉述，請趙先生務必保持冷靜。」電話另一頭回以護士小姐截然不同的聲音。

「……明白了，快告訴我谷隊現在情況怎樣？」

「他說，童話的祕密已經……知道了。」

「童話？」

經歷這麼多事，趙文彬差點忘了，自己是被《光榮的荊棘王國》的線索和希望村聯繫在一起。如今，谷隊命懸一線，但憑藉著頑強的意志力解開童話背後的祕密，年輕力盛的自己反而毫無建樹，處處受製於人。

「稍等，谷隊長說的有些多，我用筆記錄下來。」

「……好的，麻煩快些。」

趙文彬只覺得每分鐘的等待都是煎熬。

「瑪麗・劉易斯在《童話心理學導論》曾提過『童話不但是原型最簡單也是最赤裸、最簡潔的表達形式。』也可以理解為，童話裏出現的人物、場景是以理想人格的形象呈現在故事中的。《光榮的荊棘王國》就是這樣一篇映襯著真實背景故事的童話。童話主人公是一個『象徵』，代表一個人遇到困難情況下的態度或立場，而敘述語言則把『象徵』和『意象』融為一個整體。」護士清了清嗓子，繼續唸道，「這篇童話裏我們要做的就是解讀劉欣所要表達的『象徵』，『尼克斯・烏伊爾』代表作者本人這一點已經被你破譯，那麼還剩下幾個未破譯的，分別是：稻草人、鐵皮人、荊棘王國、稻草人禁區、喬妮、拯救鐵皮人所需的四樣物品，其中最引人注意的是所謂『稻草人禁區』和『拯救鐵皮人的四樣物品』。童話是『真相的另一面鏡子』，相信劉欣想要告訴我們的正是這一點。」

——真相的另一面鏡子……

所謂的「真相」若結合十七年前的社會現實來看，所指的應該是劉欣在希望村目擊到的事實。彼時，SARS疫情肆虐，村民理應為躲避疫情而忙碌，無暇顧及其他，那麼會有什麼樣的事情被劉欣目擊，撰寫成文呢？

趙文彬的思緒遇到阻礙，電話那頭的護士小姐不斷在白紙上唰唰地做著筆記。

「你在希望村還好嗎？」

突如其來的提問讓趙文彬感到疑惑。

「目前一切安全。」

「下雨了嗎？」

「下了，還很大。」

這是趙文彬出發前和谷超對接的暗號，意味著目前通話正在被監聽。對話中斷了一會兒，趙文彬知道，谷超正在斟酌如何向他闡述結論。

「記得你和我聊過《小紅帽》的故事嗎？」

趙文彬想起去年這時候，師徒倆曾探討過推理小說和童話的關聯性，趙文彬認為童話是一種另類的歷史文獻，而谷超卻聲稱推理小說的解密方式在童話故事的世界中仍然受用，是真相的另一面鏡子。

在師徒倆那次爭論中，趙文彬向谷超介紹了《小紅帽》這則童話故事的演變史，他們的角色寓意著時代的變遷。童話記載的不只是廣泛人類經驗的基本要素，而且表達人類集體思想，童話的魔力在於記錄歷史。《小紅帽》是家喻戶曉的童話故事，在歷史長河中曾被改成十個版本，結局也各不相同。有的故事暗示女性貞操、性愛的儀式性，有的版本著重描寫小紅帽獨立戰勝兇狠的餓狼，體現女權主義思想，還有的通過改編故事控訴性騷擾的社會現象。將童話故事歸納為歷史文獻的另類解讀，在趙文彬看來未嘗不可，而谷超卻不以為然，認為童話中的意象一樣可以根據推理小說的解法進行分析，簡而言之，童話是一種能夠用數學公式輔以邏輯推演破譯的「推理小說」。他曾通過上述手法分析出《糖果屋》的結局其實是被夫妻倆遺棄的兩個孩子殺害繼母的殺人事件，雖然看似荒誕，但在谷超的分析下並非全無道理。

如今谷超再度提起《小紅帽》的事，恐怕意圖告訴自己《光榮的荊棘王國》反映的是劉欣的真實遭遇。

「記得。」

「很好。我不得不承認，你當時的觀點是正確的，照自己的想法前進吧。」

——谷隊究竟想告訴我什麼？

趙文彬疑惑之際，電話那頭傳來一個厚重的男聲。

「手術用具都到齊了，可以開始手術！」

「明白了。」護士應和了一聲，然後告訴心急如焚的趙文彬電話即將掛斷，待谷超手術後再聯繫。

「稍等，趙先生……」
「怎麼了？」
「谷先生在記事本上寫了一個數字，要我轉告你。」
「什麼數字？」
「$\sqrt{49}$。」
「$\sqrt{49}$？」
「已經沒有時間了，谷先生必須立即進行手術。」
電話被護士掐斷，平穩的「嘟嘟」聲卻讓趙文彬心潮澎湃。
——$\sqrt{49}$……
他想起那次以童話為主題的激烈討論時，谷超曾對他提起這個數字。

中國境內「新冠」肺炎病例通報

截至二〇二〇年一月二十四日0時0分，中國境內確診「新冠」肺炎病例830例。

第十三章

$\sqrt{49}$……

今天是農曆除夕，在趙文彬過往的任何一個年份中，這都是舉家團圓的日子。只不過，今年變得異常特殊，趙文彬不僅來到偏遠的村落，而且還一度無法與家人聯繫，只能一個人窩在雄風賓館，對谷超留下的數字發愣。

$\sqrt{49}$是那次兩人爭論時谷超給趙文彬出的題目。他在白紙上寫下「49」這兩個數字，還特別把「4」和「9」分得很開。

谷超發問的時候臉上還掛著狡黠的笑意：「請你加一個規範的算數符號，使得計算結果介於1到9之間。」

趙文彬只注意到「4」和「9」的縫隙，「加號……不對，13太大了。減號……結果成負數了。乘號和除號也都不對。根號嗎？也不對……$\sqrt{9}$＝12，還是太大。」他撓撓頭，做出投降的姿勢。「我實在想不出了，難道是我沒見過的數學符號？你一定是在炫耀自己剛從書上讀到的符號吧？」

「傻瓜，這麼簡單就落入我的陷阱……」

谷超「撲哧」一笑，說道：「這個問題乍一看是數學題，實際是個心理測試。」
「心理測試？」
「對，答案很簡單，你再仔細想想。」
彼時，咖啡廳裏鴉雀無聲，當天是工作日，兩人剛結束手頭的案子，好不容易偷得半日閒。
「……加減乘除我都試過了，全部不在這個範圍內。」
「都跟你說了，這是個心理問題。」
「說話別說半句，我投降了，快告訴我答案。」
只見谷超繞過「4」和「9」的間隙，將筆尖滑向「4」的一側，用大大的根號包覆住這兩個數字。
「這樣一來，不就得出『7』了嗎？從頭到尾我都沒說只允許你在『4』和『9』之間標上數學符號。」
「刻意拉開兩個數字的距離，實在太狡猾啦！」
「這就是先入為主的心理暗示。這也可以反推到你剛才說的『童話問題』上，你從童話裏看到歷史演變，在你眼裏就是歷史演變，而我認為童話背後是一個個作者想隱藏的真相，那麼就可以用推理的方法來破解……」
谷超拿起筆，直接在餐巾紙上繪製出這樣一張圖形：

「這是……？」

「這是我獨創的『童話推理解法』。」谷超得意地說道，「你聽過『時鐘巡迴』嗎？」

「別裝神弄鬼了，快告訴我這圖形是啥意思。」

「所謂『時鐘巡迴』就是先在圖上畫個圓圈，把它打上1—12的標記，就像時鐘一樣。打個比方，我們像這樣以『2』作為級數就能繪製出六邊形的圖樣，沒錯吧？」

「對啊，這有什麼意義？」

「別著急。如果我們把級數設置為3，

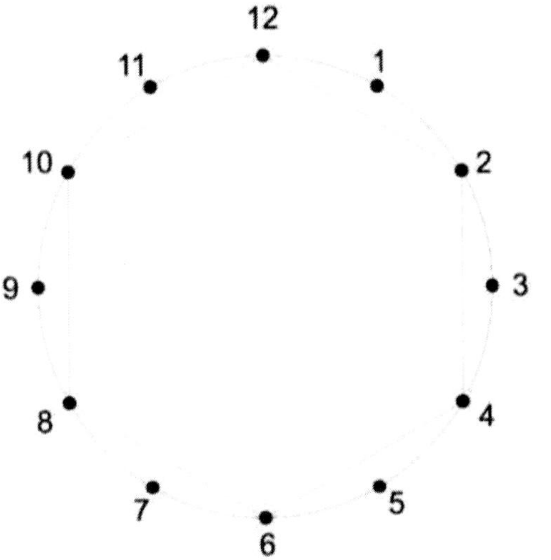

那麼繪出的就是一個菱形；級數為4就是三角形。那麼如果級數為5，你就會看到這樣的圖案……」

「雖然很漂亮啦，但這有什麼特殊含義？」

「剛才你說到童話故事是歷史變遷的載體，這並沒有什麼不對。不過，我能用推理的角度來表達童話的內在含義。一篇童話想要映射出某種現實寓意，它一定會在三個層面體現。一個是T

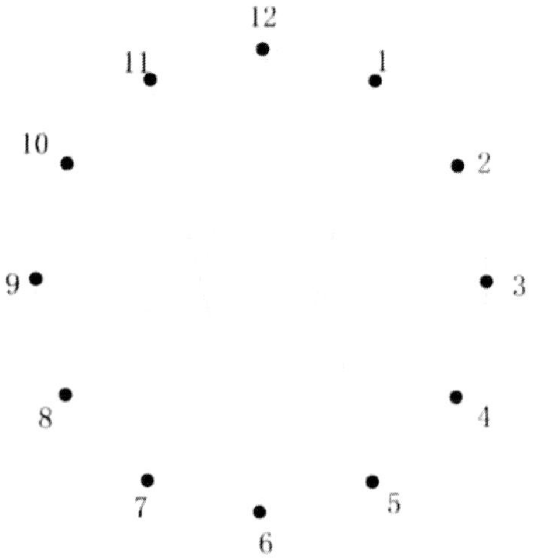

（Truth）層，代表的是最初的真實，這個真實是沒有進行過任何加工的社會現象，或是作者的見聞；第二個是S（Symbol）層，意即『象徵』，它將最初的真實通過故事裏某種人物或事物來表徵；第三個是F（Fantasy）層，意即『幻想』，作者通過S層的加工，將各種元素彙集在一起，形成最終的童話故事。」

「聽上去挺玄乎，但這和餐巾紙上的圖形有什麼關係？」

「一個童話必然包含T、S、F層，彼此之間存在著某種遞進。這張時鐘巡迴圖在級數為5時，能把所有數字都連上。我們將時鐘的12至6點，即右側的半圓設為S層，代表童話故事裏的『象徵』，左側的半圓設置為T層，代表作者想表達的『真實』，它們彼此牽引、彼此發展，最終形成整個童話故事，也就是F層。打個比方，格林童話《糖果屋》的故事裏，舊社會頻發的父母遺棄孩童事件就是T層，是作者的見聞，也是他想傳達給讀者的真實；童話的主角、森林以及『糖果屋』是S層，象徵父母、被遺棄的孩童和遺棄的場所；而整篇童話故事就是F層，作者在S層的基礎上不斷推進人物之間的矛盾，展開形成完整的童話故事。」

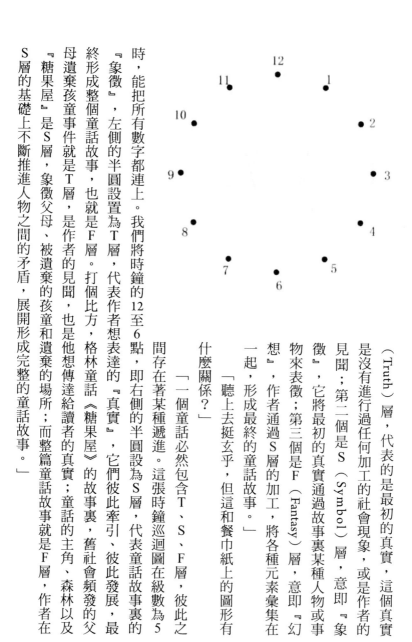

「我明白你的意思，如果把童話故事出現的人物或具體物件以『時鐘』的刻度進行標記，將『真實』和『象徵』區分開，他們就會聯為一個完整的『幻想故事』？」

「沒錯，不信你可以試試。只要將童話故事裏出現頻率最高的『關鍵詞』代入右半邊的『S面』，就會很輕易地得出『T面』的含義，將它們串在一起，作者想要在童話故事中表達的意圖馬上就能浮現出來。怎麼樣？這是用『推理』的方法來解讀童話哦！」

見趙文彬還是將信將疑，谷超便在那張餐巾紙上標記上些許文字。

「這是啥？」

「就拿剛才提到的《糖果屋》來舉例吧。文章中出現的高頻詞有：漢森、格蕾[8]、巫婆、火爐、糖果屋、森林、父母，這些元素構成童話的『S面』。利用『時鐘巡迴』原理，我們假設還未知曉『T面』內容的情況下，在『S面』的刻度對面（即1點刻度對7點刻度）標記高頻詞，以主人公漢森、格蕾為起始點串聯出整個故事內容——由於舊時代鬧饑荒，兩位可憐的孩子漢森、格蕾[9]被父母遺棄到森林裏，他們在那看到了糖果屋，屋內有一個熊熊燃燒的火爐，還住著一位巫婆，兩個孩子的父母對他們的殘忍行為感到懊悔不已，在孩子們離開糖果屋後，父母把他們接回家。然而沒過多久，小孩又被父母遺棄到原來那片森林，他們再次前往糖果屋，但是巫婆卻要將兩個孩子丟進火爐烤來吃，孩子們頑強抵抗，終於將巫婆塞進火爐裏燒死。而後，漢森、

[8] 《糖果屋》中被遺棄的兩個孩子。

[9] 橫線標記對應「時鐘巡迴」的刻度，下同。

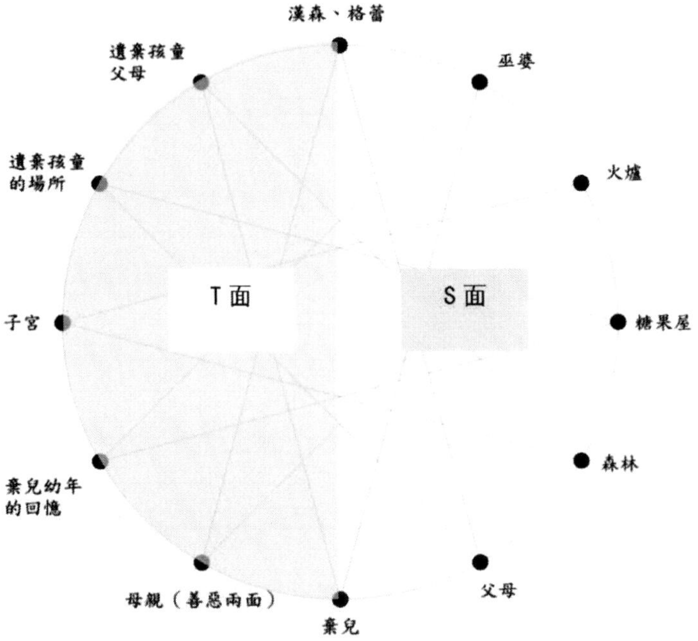

格蕾又回到自己的家中過著幸福快樂的日子。」

「真的，果然可以串聯起來！但是，還是無法破解『T面』。」

「接下來就要結合當時的故事背景，來分析這些高頻詞的含義。《糖果屋》童話流傳期間，社會上屢屢掀起『棄兒風潮』，很多孩子被親生父母遺棄到偏遠山區，因此，童話所對應的『T面』是和這個背景密不可分的。例如，漢森、格蕾代表被遺棄的孩子，森林代表遺棄孩童的場所，前後兩次出現的巫婆分別代表遺棄孩童的母親的善惡兩面。」

「還有就是糖果屋和火爐，它們代表什麼呢？」

「其實很簡單，學過榮格心理分析

的話，你就會知道這兩個都代表某種『容器』。對孩子來說，他們生命的源頭是什麼？」

「啊！我明白了，是『子宮』！」

「正確。那麼『火爐』呢？」

趙文彬思忖了一會兒，在犯罪心理課程中，老師曾經提過「榮格心理分析法則」，烈火一般代表「強烈的情緒」，那麼火爐是……

「是指快樂的記憶？」

「接近了。確切的說法應該是『幼兒時期的美好回憶』。」

「這樣一來，『T面』就完成了。」

「試試看把它串聯成整體？」谷超的筆端隨著「時鐘巡迴」的射線來回移動，「舊時代曾爆發『棄兒風潮』，小孩被父母們遺棄到山區，被遺棄的孩子們沉溺於寄宿在子宮開始至幼年時期和母親的美好回憶，孩子們不甘被遺棄，企盼著父母能來這裏將他們接回。時間一天天過去，嚴峻的現實讓這種企盼成為泡影，孩子們對子宮的依戀轉變為對邪惡母親的憎惡，他們將母親的黑暗面從幼年回憶裏揪出並徹底消滅。如此一來，孩子們依靠這種無垢的幻想支撐著自己的生命。」

「真的，所有故事都能用『T面』和『S面』來解釋了！」

「這種方法的祕訣在於提供完全對應童話的『背景故事』，也就是瞭解作者當下的社會環境。只要是童話，就一定會有作者想要表達的東西，它就是一個能用數學公式解開的『人工裝置』。」

思及此，趙文彬回想自己曾在私下運用谷超告訴他的方法，成功拆解出《小紅帽》《白雪公主》等童話故事的「T層」。如今，他的腦海中不斷重複著起谷超剛才囑咐自己的話，他意識到電話正被村裏人監聽，所以刻意說得隱晦些，他想表達的應當是作為「F層」的《光榮的荊棘王國》反映作者所要表達的「T層」。

然而，現在的情況也只是知道故事的主人公代表劉欣，並且是「級數為6」時的初始狀況。

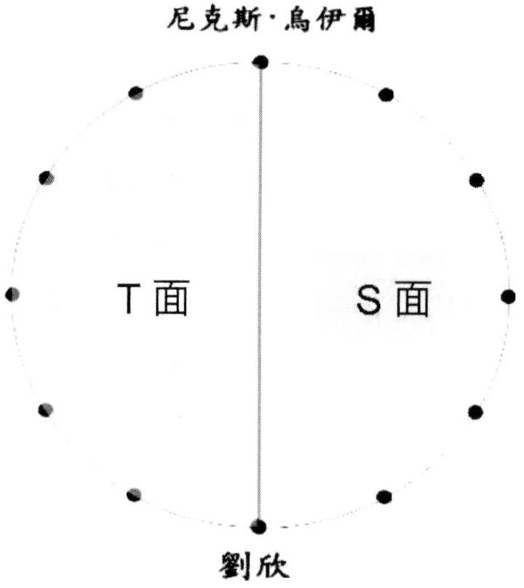

也許，彼時的劉欣也遇到和自己相仿的處境，加之十七年前通訊方式還非常單一，如果他發現希望村的祕密後被村民們軟禁起來，無法逃脫的他既不能向報社求助，也不能像現在這樣找機會利用定位功能與外界聯繫。這種情況下，劉欣便以雜誌社約稿為由，在村民的眼皮底下將《光榮的荊棘王國》寄出。

趙文彬心想，劉欣當時一定對村民們這麼說——「我和少年文學雜誌社約了一篇童話故事，如果到期不交稿且無法聯繫的話，很容易令他們起疑。」

於是，無法發現童話暗藏玄機的村民在檢查確認劉欣的稿件和信封裏沒有夾雜其他可疑物品的情況下，就這樣把《光榮的荊棘王國》寄出去了。

綜上推論，劉欣想表達的正是村子裏某個不可告人的祕密。

——我不得不承認，你當時的觀點是正確的，照自己的想法前進吧。

趙文彬心想，谷超言下之意是認同自己對於「童話」代表「歷史變遷」這個論斷咯？

希望村的歷史……

趙文彬思來想去，只能在村圖書館查詢了。

一路上，村長的眼線始終尾隨著自己，趙文彬完全沒有和其他村民打招呼的機會，他們見到趙文彬也是為了避嫌而主動保持距離。圖書館只有一層，是村民籌建經營運作的，它不同於城市的圖書館，裏面的藏書主要分為社會教育類、科技類和尋常的雜誌報刊，文學小說類的圖書較為稀少，但從被磨壞的封面看來，借閱率比其他類型高得多。在館內的一角，陳列有電子遊戲和音樂、影視光盤，四周的牆上還張貼著幾張公益廣告，由於長期陽光直照，顏色都黯淡了許多。

二〇〇二年十一月開始，中國境內便出現SARS病例，但是在二〇〇二年十一月至二〇〇三年三月，疫情主要集中在廣東和香港地區，其他省市零星出現象似病例，二〇〇三年三月之後，SARS疫情才開始在全國擴散，主要高發地在中國北京。彼時世界衛生組織（ＷＨＯ）認定SARS

屬於冠狀病毒（SARS-CoV）引起的呼吸道傳染病，將其命名為重症急性呼吸綜合徵，發病症狀和這次「新型冠狀病毒」大同小異，但傳播性遠不可比，其中也有隨著科技、交通的發達，造成傳染途徑增多、傳播速度加快的因素。

——如果調查希望村的新聞報導，恐怕得從二〇〇三年三月之後開始查起。

趙文彬在書架上探尋標有「二〇〇三」字樣的《W市日報》和《W市晚報》。希望村在當時只是個貧窮的小村子，周邊也沒依附著什麼旅遊景點，因此信息寥寥。二〇〇三年，網絡在中國境內剛剛普及，相關的搜索引擎還未開發，趙文彬無法通過圖書室的電子搜索欄搜索，只得一份份地找，效率自然低下。不知不覺，閉館的時間快到了，管理員來到趙文彬身邊不停地用方言催促他儘快離開。

——隔離站？

趙文彬正打算收拾桌邊另一摞被自己翻過的《W市晚報》，卻無意間瞥到這三個字，那是二〇〇三年三月二十九日的報導。

火燒隔離站　五村民被判刑

H省W市G縣人民法院於二〇〇三年三月二十九日上午依法對一起聚眾擾亂社會秩序、暴力妨害防治非典工作案件進行一審公開審理，被告人趙某等五人分別被判處有期徒刑。

三月十一日，G縣人民政府根據全縣非典疫情狀況，依法決定臨時征用G縣希望村的安居康賓館作為疫情醫學觀察隔離站，當日將部分醫務工作者和被隔離者安置在觀察站內。三月十八日下午2時許，希望村數百名群眾陸續在安居康賓館聚集，趙某高喊煽動口號，進入賓館內擊鼓喧鬧，與執勤民警爆發衝突。村民將玉米秸點燃，砸壞警車。G縣人民法院依據《中華人民共和國刑法》有關規定，以聚眾擾亂社會秩序罪和放火罪，數罪並罰，分別判處趙某等五人有期徒刑三到七年不等。

——會不會是這件事？

十七年前信息傳播還十分落後，SARS期間在國內曾傳出不少荒誕的謠言，諸如：燃放煙花鞭炮可消除病毒、病床上的一歲孩童死而復生，告訴眾人綠豆是抗疫藥方……這些看似荒誕不經的謠言，在十七年前卻有不少人奉為「民間祕方」，於是囤積綠豆、煙花爆竹的群眾一傳十十傳百，一度讓社會陷入恐慌。其實，稍有些化學常識便可明白，煙花爆竹的主要成分是火藥和高氯酸銨，火藥通常是由硝酸鉀、木炭和硫磺機械混合而成，這些元素非但不能抑制病毒，反而會刺激呼吸道，造成不良影響。然而，十七年前那場浩劫一下子讓所有人不知所措，寧可信其有不可信其無。

趙文彬曾聽過日本口語裏「殘像」這個詞，它指的是眼睛在經過強光刺激，會有印象殘留在視網膜上，這是由於視網膜的化學作用殘留引起的。

——如今的一切，就好比十七年前的「殘像」。

在社會發達的二〇二〇年，面對新疫情，相同的謠言依舊大行其道，人們依舊在囤積煙花爆竹、綠豆甚至各種明擺著毫無作用的產品，甚至隨著人均消費水平上漲、網絡發達，囤積的數量有過之無不及。

——公共危機事件究竟能否推動人類進步？十七年後，為何依舊出現應急醫療設備供應不足、醫療應對系統完全癱瘓這種問題？

趙文彬把手探向長褲的口袋，這才意識到手機已經被沒收，只好在最短的時間內把報導上的文字和日期全都記下。

——鐵皮人一把火燒燬了稻草人構築的禁區……

火是個明顯的提示，如果「稻草人」在暗示醫務工作者或進入村裏的防疫人員，那麼他們構築的「禁區」會不會就是隔離站？從報導上看，希望村的村民聚眾焚燒隔離站，他們的動機是什麼？如果「鐵皮人軍團」所要表達的真實意向就是那些村民，一切都說得通了！

為今之計，是要和《童話世界》雜誌確認，十七年前劉欣寄來的稿件日期是否在三月十八日至三月二十九日之間，當時的劉欣很可能目擊到現場的一切，他擔心這樣的信息被村民們藉機隱瞞，因此他想要控訴……

——不對，不止這些。

《光榮的荊棘王國》雖然短小精悍，但所要表達的遠遠不止這些內容。

如今尚有很多疑惑未解開。一來，趙文彬根本無法與外界取得聯繫；二來，《童話世界》雜誌是否早已經不在了，還有待確認。

進入二〇二〇年，不少雜誌入不敷出，不知為何，境內大大小小的報刊亭正揹負著「影響市容市貌」的罪名快速消亡。趙文彬曾和熟絡的雜誌社編輯閒聊，暫且不提雜誌的印刷成本，就連這個過程也因為各種各樣的問題沒法讓人省心，加之運輸成本，利潤便已十分微薄。如此算來，還健在的雜誌期刊只能算是苟延殘喘，退出歷史舞臺只是時間問題。

——希望還能聯繫上《童話世界》，那將是印證自己推論的重要佐證。

「小夥子，你快走吧。」一個急促的聲音由遠及近，原來是剛才那位管理員，「外頭來了好多人，連村長都被叫走了。」

「啊，怎麼回事？」趙文彬摞起報紙正要歸回原位，聽了這話，又放回桌上。

「就在剛剛，村口停了兩輛警車，他們說要找我們村長，和一個叫『趙文彬』的人。」

「你確定？」

「他們是這麼說的。」

趙文彬不禁興奮地捲起那份報紙，扭頭衝出圖書館，他知道一定是谷超看到視頻之後，命令部下們前來調查，挖掘少女A的屍塊。

——這樣一來，馬上就能恢復自由了。

他意識到，案件的轉機即將到來。然而，就在身後不遠處，那個在「血屋」外攻擊趙文彬的身影，望著離去的趙文彬，悄然進入圖書館內。「他」掀開趙文彬翻閱過的《W市晚報》，找出被取出的那一期，被憎惡扭曲的臉龐讓身旁的管理員驚懼不已。

「他」怏怏地離開圖書館，再度將自己的身影隱匿在黑暗中……

中國境內「新冠」肺炎病例通報

截至二〇二〇年一月二十五日0時0分，中國境內確診「新冠」肺炎病例1287例。

第十四章

出了手術室，郭東雨被眼前的景象驚呆了。

若不是醫院等待區的投放電視，那些穿著大紅盛裝、喜氣洋洋的主持人高喊著新年賀詞，他完全沒有意識到時間已經來到農曆新年的大年初一。醫院裏到處瀰漫著哭泣、哀嚎和咒罵，這些聲音不只是患者的，還有年輕的醫務人員，平常他總要求自己的下屬萬萬不可在病人面前表露自己的情緒，悲也好喜也好，都要深埋在心裏，這樣才能給病人信賴感。此時再提這個已是無濟於事，眼前這幕景象應該會讓他一輩子都無法忘懷，連看起來鐵石心腸的他都有所觸動。

——平行世界。

不知怎的，郭東雨突然想起這個詞。

電視裏的世界和自己所看到的景象，就像是兩個平行世界。他簡直不敢相信螢幕右上角竟寫著「直播」二字，好一派歌舞昇平。一樓的候診室，不少病人已經等候了好幾個小時，有的家人陪伴在身邊，還有的家人已經離開W市，但因為「封城」的關係，他們想要從外地折返回來已經是不可能的，只能眼睜睜地看著自己的親人獨自來到醫院。

——在W市的家人都還好嗎？

郭東雨晃了晃腦袋，現在不允許想這些。他在每間手術室穿梭著，哪裏缺人手就及時補充。按說一個完備的重症監護室應該配有多功能監護儀、呼吸機、血液灌流機、心電圖機、床旁B超機、除顫儀、輔助咳痰機等一系列設備，但如今已是非常時期，現有的設備根本無法滿足呈暴漲趨勢的患者。從人員上說，重症監護室的患者、醫生、護士應該滿足1：1：3，當下卻連3：1：1都吃緊。

「刑警情況怎樣？」他問主刀醫師。

「上了ECMO，但一點好轉的跡象也沒有。」

郭東雨十分佩服谷超，一般人在危及性命的關頭連張嘴都難，他卻能夠完整、清晰地將自己的推理闡述給對方。如果意志力不夠強大，這是萬萬做不到的。

「一定要保證供氧，供氧如果不到位，死亡率就降不下來。」氧療是最重要的治療方案，病人肺部功能受損的情況下，若缺氧時間太長，會對其他臟器造成損傷，之前的死亡病例大都如此。

「明白。」

「醫院的總體供氧情況怎樣？」

「還是比較吃緊，但如果新增的氧氣供給站能在第一時間發揮作用，中央供氧系統的容量就會是原先的兩倍，到那時整個情況就會緩解許多。」

「現在還不能盲目樂觀。這次的病毒十分狡猾，病人在前一天還感覺恢復得不錯，當夜凌晨就有可能突然惡化，甚至會演變成多器官功能衰竭。谷刑警的情況就是如此，好在他查案時都有秉持謹慎原則，戴著口罩並且刻意和他的同事們保持一定距離，否則後果不堪設想。」

郭東雨看著谷超，他的病情變化令人捉摸不定，明明前一天還生龍活虎，隔天就進了重症監護室。突然高熱甚至呼吸困難的情況在現有病例裏不在少數，但如此激烈的突變少之又少，他很可能在幾天前就深感不適，只不過心裏以為是普通感冒發燒，憑藉意志力暫時克服過去而已。

「郭主任，裏面病人的情況很不妙。」

手術室的門被打開，一個裹著防護服的醫生從裏面出來，他正是蔡鈞。雖然已有好些年沒有親自操刀做手術，但危急時刻，只能挺身而出。

「怎麼回事？」郭東雨問道。

「他體內的病毒不僅損傷了肺部功能，引發呼吸衰竭，現在甚至開始序慣性地損害到肝臟，這樣發展下去，恐怕撐不過……」

「ＥＣＭＯ不管用？」

「那是我們在『禽流感』時期的對策。那批病人只要用這種人工肺罩著，等待他們肺部功能慢慢恢復，耗過去就是勝利。但刑警的病情惡化速度太快了，快到超乎我的想像，一旦器官衰竭，基本沒救了。」

郭東雨看著一窗之隔的谷超，臉上閃過一絲複雜的情緒：「他有沒交代什麼？」

有件事情郭東雨沒有對任何一個人說過，在杜向榮的屍體被發現之前，嚴格地說是十九日的凌晨3點左右，他從「半夏酒吧」的老闆那兒得知，龐娟在凌晨偷偷返了回去。「半夏酒吧」的老闆是郭東雨的高中同學，二人關係很要好，據他所說，龐娟經常在酒吧裏和南大醫院的某位高層幽會。原本工作方面心無旁騖的郭東雨是不會問及這些事的，但自從杜向榮以奇異的姿態出現在眾人面前後，他便覺得事有蹊蹺，方才想起「半夏酒吧」的老闆說的話。老闆當時還問郭東雨是否要把下屬和上司幽會的照片發給他，但被郭東雨拒絕。在進手術室前，郭東雨又改變主意，讓對方發給自己。

「有，刑警讓我們通知他的下屬，去找一份檔案。」

「什麼檔案？」

「二〇〇三年的死亡報告，一個叫『劉欣』的報社記者。」

「劉欣？好像是杜院長養女劉靜的哥哥吧？聽說他在十七年前感染SARS病毒離世了。」

一想到劉靜，郭東雨只覺得她是鬱鬱寡歡的少女，也只有在杜向榮面前能夠展露笑容，變得開朗。但杜向榮離開後，她又會立刻變為原樣，如果要說整個南大醫院裏還有誰與劉靜能說得上話的，就只有一個人，那就是蔣天翔。

思及此，郭東雨不禁想起那個印在腦海的手機畫面……

「這就不知道了，我只是負責轉達而已。」蔡鈞偏著腦袋，護目鏡下的眼神透著一股疑惑，「以前的郭主任不是會關心這種事的人吧？」

「啊，我隨便問問。」

在「半夏酒吧」老闆傳來的畫面裏，和龐娟鯱籌交錯的男人——正是蔣天翔。

第十五章

「不好意思，各位警察先生，我不知道村子裏究竟有什麼事驚動各位大駕？」林昕傑深深地皺緊了眉頭，身旁圍著黑壓壓的一片人影，和八位刑警呈對峙的局面。

「村長老先生，該說不好意思的是我。」站在刑警隊伍正中央的是谷超的下屬，也是趙文彬的同輩邱勇亮，他身高超過一米九，壯碩的身材一看就是彪悍的狠角色，在警校那會兒，論格鬥技能趙文彬根本不是邱勇亮的對手，「我們有足夠的證據可以證明你們村的杜向榮曾在這裏殺人分屍，現在立即開始執行調查。」

「叫杜向榮的人很多，說不定並非同個人呢？」村長見邱勇亮年紀尚輕，就開始打起迷糊眼。

「這也得調查之後才知道。」

這是邱勇亮第一次見到林昕傑的模樣，凹陷的眼窩、彷彿雕刻出來般尖銳的下頜、細薄的嘴脣，無不散發著冰冷而殘酷的氣息。然而邱勇亮揚起下巴，絲毫沒有退怯之意。

「你們儘管調查，但現在是非常時期，原則上是不允許外來者進入的。」

「您大可放心，我們已經做過相應的檢測，也會配合你們做好記錄。」

即使如此，林昕傑也沒有退讓的意思。

「還是說……有什麼不方便向我們透露的祕密？」

「呵呵，敝村也就這麼丁點大，哪藏得下什麼祕密。」

「那是最好。」邱勇亮打量著眼前這些村幹部，從直覺判斷，他們一定在掩蓋什麼，「我的同事趙文彬呢？被你們藏到哪去了？」

「哈哈，我認識的趙文彬小兄弟可是個醫務人員。」

「配合警方調查是你們的義務。」

「放心，你同事過得很好。」林昕傑向身邊的人使了個眼色，人群才緩緩向後退，「你們儘管調查，但麻煩不要驚擾村民，調查完請儘快離開。」

「感謝配合。」

林昕傑等人散去後，邱勇亮看到有個熟悉的身影從暗處趕來。定睛細瞧，果然是趙文彬，兩人開心地相擁在一起。

「他們沒拿你怎麼樣吧？」邱勇亮打量著趙文彬，似乎沒有受傷的跡象，「谷隊吩咐我，你這小子可能遇到危險，當時嚇了一跳。」

「放心，不僅什麼事都沒有，我還發現了一些祕密。」

「什麼祕密？」

「先不說這個，谷隊怎樣了？」

邱勇亮表情中掠過遲疑之色，「放心，他沒事，手術非常成功。」

「那就好。」

「對了，谷隊讓我給你帶樣東西。」邱勇亮從上衣兜裏掏出一份報告的複印件，二〇〇三年電子化辦公還沒在國內完全普及，許多資料還是手寫而成，趙文彬通過歪斜的筆跡，依稀能辨別那是詳細記載著劉欣病情的死亡報告書。

「這是……」

「發現什麼了？」

「劉欣雖然因為感染SARS病毒去世，但手臂上有被針頭注射過的痕跡。」這一重大發現令趙文彬感覺心臟彷彿被人攫了一下，「這麼一來，他的死難道不是意外……」

「十七年前，劉欣莫非被人注射了含有SARS病毒的血液？」

「聽著，千萬別驚動村民。還有一件事要調查清楚。」

「什麼事？」

「谷隊跟你交代過了吧？《光榮的荊棘王國》是刊載在兒童文學期刊上的，我要證實這篇童話背後隱藏的真相是否如我所料。」

「那我們分頭行動。我負責搜查屍體，你儘管放手研究十七年前的事件，一有消息立刻通知對方。」

「沒問題。」

「現在時候不早了，你趕緊先回去休息，現場的事交給我。」

「拜託你了。」

趙文彬看了看錶，時間已經來到凌晨2點，不眠不休下去抵抗力只會變弱。他返回雄風賓館，自己身後已不再有人盯梢。

——如果配槍的事沒有暴露，他們理應不知道我的刑警身分，但為何自己還會被跟蹤，遭人襲擊？

雄風賓館大堂的服務員還是那天的老哥，依然蹺著二郎腿，專心地玩著手遊，不像在窺視自己。

木質的側梯宛若隧道一般向前伸，黑暗且冗長。

「你跑哪去了？」

趙文彬一擡頭，才發現劉靜早已站在自己的房門前。她換上了毛衣，可趙文彬並沒感覺天氣有轉冷的跡象。

「晚上在圖書館查資料，查到一半我同事他們都來了。」

「這麼說，我們可以出去轉悠啦？」

「妳那麼興奮是什麼反應。」趙文彬再叮囑也是徒勞，他反倒對林昕傑之前的舉動心生感激，「我同事，也就是妳上次看到的邱警官，他們正在對希望村進行地毯式的搜查，或許早上一覺醒來，屍體已經被發現了。」

「……你也相信父親是殺人魔？」

「證據面前，不信也得信。」

「……」

「杜院長對妳很好，是嗎？」

「我從小就失去親人，也是他讓我體會到和親人在一起是什麼感覺。」劉靜垂著頭，表情淡漠下來。

「妳知道他幾乎每週都會回這兒嗎？」

劉靜搖了搖頭，烏黑的秀髮在黑暗中更顯亮澤。

「杜院長從來沒和你們說過這件事？」

「從沒說過，我只知道他每週末都會自己開車去散心。」

「一次也沒有帶上你們？」

「對，他只說想自己到外頭轉轉。」

「的確，和他一起生活了十七年，恐怕一時難以接受……」

「他不是這種人。」劉靜篤定地回答，雙拳緊緊地抵在腿上，「身邊的人都說他是個好人。」

趙文彬不知該如何安慰眼前這位少女，過往的刑警生涯中，他看過太多生活中的好好先生，背地裏卻是十惡不赦的殺人魔。另一方面，夜確實已經深了，趙文彬一邊安慰著劉靜，一邊讓她早些休息。

「一個好消息，一個壞消息，你要先聽哪個？」

邱勇亮的電話就像鬧鈴一般，早晨8點準時響起，電話那頭的聲音聽上去很疲憊，但趙文彬的回答同樣沒什麼精神。

「別兜圈子了，快說。」

「還是先告訴你壞消息吧，咱們在村裏找了整整一夜，差點把人家的地都掀翻了，就是沒找到所謂的屍體。」

「不可能。從杜向榮把女孩帶回村子到他被人殺害這段時間，一個外來人員都沒進出過，他絕對把女孩埋在村子裏。你們有到墓地那兒搜過嗎？」

「那麼缺德的事我才不幹。」

「麻煩再仔細搜搜吧。」

「知道、知道，昨晚因為天色太暗，所以只能粗略地過一遍，現在正著手地毯式排查。」

「那好消息呢？」

「好消息就是，聽南大醫院派出的醫務人員說，之前覈酸檢測為陽性的村民已經痊癒了，症狀也全部解除。」

「這麼快？」

趙文彬不敢相信自己的耳朵，新聞報導裏的病毒潛伏期一般在三天至五天，最長則是十四天。痊癒的病例中，最快也得三天左右。

「當然，余明春說還需要進一步的隔離觀察。」

「這恢復速度恐怕破紀錄了吧？」趙文彬思忖了片刻，覺得事情越發蹊蹺，「不對，余大夫他們當時都被軟禁起來，希望村請了哪一路神醫治好他們的？」

「當天被檢測出陽性的總共有五個年輕人，他們都說吃了村衛生所給他們開的Rnd-32。」

「Rnd-32？那是什麼藥？」

「聽說是村裏藥廠獲批研發的新藥，藥廠旁邊的藥材基地看過嗎？可壯觀了。現在整個村都在宣傳Rnd-32是抗擊這次『新冠』病毒的『神藥』。早晨一刷牙的功夫，在我的社交平臺裏就看到幾萬人轉發。」

「不是吧，就連吉利德[10]都沒能研製出特效藥，這裏名不見經傳的Rnd-32真有這麼神奇？」

「是真是假我也不知，只不過事實擺在眼前，我們無法指責他們造謠。況且，證實這一點的正是南大的醫務人員，那五個年輕人的不適症狀確實都消失了。」

「總之我還是覺得不太對勁，一會兒我們在村圖書館附近碰頭。」

「行。昨晚說的雜誌社有回話嗎？」

10 美國吉利德科學公司，一九八七年成立，研究的重點領域包括人類免疫缺陷病毒獲得性免疫缺陷綜合徵（HIV）、癌症等。

「他們至少得9點過後才上班。而且，我用手機搜了一下，《童話世界》雜誌已經更名為《少兒童話天地》，他們官網最後一次更新是在去年二月份，編輯部是否還健在也得打個問號。」

「好吧，希望能聯繫得上。」

趙文彬掛斷電話，他看了看窗外，烏雲逐漸褪去。《少兒童話天地》在去年十二月還有公開發行的記錄，但今年的期刊卻遲遲沒有蹤影，不知是休刊了還是因為年關將至尚未發行，他認為前者的可能性較大些。

打開窗戶呼吸一口清晨的空氣，精神就會舒暢許多。趙文彬本想叫劉靜一起吃早餐，但女孩卻沒有應門，他以為對方還在睡大覺抑或在生自己的氣，便快快地下樓去了。

此時的他並未意識到，兩人在凌晨時分短暫的交談是他們這輩子以這樣的姿態見的最後一面。

第十六章

「什麼？居家隔離？我沒聽錯吧？」

連續幾場手術下來，郭東雨已是疲憊不堪，他的雙手不住顫抖，已經無法繼續堅持下去了。

「這是上面最新的分級治療方案，就醫需要層層上報。」

「也就是說，許多患者目前還在自己家？」蔣天翔的肯定回答令郭東雨感到一陣暈眩，「你知道這次的病毒絕對不能居家隔離，只要有一個病例被確診，那麼他的家人很可能被……」

「很可能被感染，對吧？但目前醫療資源吃緊，我們醫院情況還算勉強能夠應付，有的醫院根本沒有這些醫療設備，不只是你，所有的醫務人員都處在臨界點。」

「但是，他們有考慮過日後患者將成倍增長嗎？一個變三個，二十四小時待在一起，即使戴著口罩也無濟於事。」

「郭主任，醫務人員的首要任務便是服從指揮。」儘管蔣天翔瞭解目前W市的病患中家庭聚集性感染的病例已經達到35％，可無論如何也只能執行上面的決策，「連續幾場手術，你已經累了，快回去休息吧。」

「……你那天見龐娟做什麼？」

蔣天翔向前的腳步停住了。

「什麼意思？」

「你明白的。」

「你在監視我？」

「不，只是偶然看到。」

「別想太多，做好自己的事。」

郭東雨原本不想理會外界的風言風語，許多人曾傳言蔣天翔上任後第一件事就是對自己的老戰友下狠手。當時郭東雨面對謠言不屑一顧，認為再怎麼樣都不可能安排龐娟頂替自己的位置，工作中也有意無意地將她邊緣化，若讓一個毫無資歷的關係戶擔任要職，勢必會引發眾怒。然而，前幾天的事卻叫郭東雨不得不介懷。

「希望你拎得清……」

因為裹著一件厚重的防護服，郭東雨無法辨別此時的蔣天翔臉上是什麼表情。他換上手套，摁了電梯按鈕，電梯門緩緩打開，出現在他眼前的竟然是龐娟。儘管從四層到七層只有短短幾十秒，不過對於郭東雨則深切感受到什麼叫「度秒如年」。

下了電梯，郭東雨並沒有馬上回到自己的辦公室休息，而是望著被警戒線圍住的天臺。他後退了幾步，若從當時蔣天翔的位置望去，杜向榮的死亡姿態確實蠻瘆人。相比這個，他更在意那個女孩。

——劉靜無巧不巧在那時候出現了？

女孩的言行舉止一直讓郭東雨覺得很怪異。儘管她只有兩三個月的生命，但他心裏隱約察覺院長肯收留劉靜做養女，背後一定另有隱情。

「在看些什麼？」

郭東雨背脊涼了一下，站在他身後的正是蔣天翔。不知什麼時候，他竟神不知鬼不覺地坐上另一部電梯來到七層。

「不，只是想起了杜院長。」他只覺得自己的臉越來越僵硬。

「你是在懷疑我嗎？」

「我可沒這麼說。」

蔣天翔走到郭東雨身前，微笑地來回踱步，還不時打量對方臉上的表情。郭東雨覺得站在他面前的這個人分明散發著懾人的寒氣，下意識地後退幾步。

「這恐怕有些言不由衷了吧。你知道我和龐娟那天凌晨在『半夏酒吧』，卻沒有對警方透露，是想揪住我的小辮子？」

「你、你多慮了。」

「我很負責任地告訴你，兇手不是我。」蔣天翔深吸一口氣，「龐娟的確在覬覦你的位子，但我怎麼可能讓她這樣沒絲毫經驗的人身居要職？不僅破壞醫院的形象，而且對郭主任你來說也不公平。」

郭東雨依舊心慌得厲害：「你拒絕了龐娟？」

「不錯。你也知道，她是通過老院長那層關係上來的，可在工作中，你卻一點也不把她放在眼裏……不，不只是你，就連我也十分鄙視這樣的關係戶，但就是拿人家沒辦法。醫院就像是個生態圈，這種人也是物種的組成部分。」

「她沒再求你或者要挾你？」

「呵呵，你相信嗎？她告訴我一個賺錢的門道。」

「什麼門道？」

「那女人居然和麥以超是一夥的，他們企圖編織一個藥品採購的關係網。最先知道這次疫情嚴重性的就是我們醫務人員，可那兩個人，背地裏卻在大肆斂財，絲毫不顧及自身形象。」

「他們打算怎麼做？」

「在醫院待了這麼多年，你肯定多少有所耳聞，藥品採購是個龐大的利益鍊。許多藥品用公開招標的名目，實則擡高藥價，導致價格虛高，最終受苦的還是看病的老百姓。龐娟跟我說，這次藥商聽到疫情的消息主動找上門，希望採購他們家的藥品，分給院方相關人員的紅利是以前的好幾倍。據說相關人員已經打點好了。」

「該不會是什麼特效藥吧？」

「誰知道呢……」

「最後，你拒絕她了？」郭東雨將信將疑地問。

「杜院長去世前正在暗中調查麥以超通過藥品採購收取回扣這件事，但沒想到進行到一半，人卻先走了……」

「就醫院中層而言，麥以超雖然有一定的工作能力，但年紀畢竟小了些，難免抵禦不住誘惑。當務之急是儘快剷除龐娟這樣的毒瘤，揪出幕後的利益鏈條才行。」

「說得容易，你知道這個鏈條背後是誰在操控嗎？」蔣天翔意有所指地望著天空，「不說這個了，你剛才究竟在懷疑什麼？」

「我只是突然想起劉靜，她真是令人捉摸不透的孩子。」

「十七年前她被院長收養，但院長卻很少提起她。」

「你知道院長為何收養她嗎？」

「和院長閒聊時曾經問過，但他就是不肯告訴我們。」蔣天翔向前走了幾步，二人來到劉靜的房間，房門並沒有上鎖，蔣天翔感到有些意外，平日裏劉靜就算是上洗手間都不會忘了鎖門。屋內和平日裏一樣瀰漫著消毒水的氣味，因為窗簾拉上的關係，所以顯得異常昏暗。

「你知道杜院長的女兒嗎？」蔣天翔問道。

「他不就只有這個養女嗎？」

「在十七年前，他的女兒因為意外事故身亡，聽說是一場車禍。雖然我不知道杜院長收養劉靜的原因，但可以肯定的是杜院長的獨生女出生年月和劉靜出奇地一致……」

「你的意思是……杜院長把這個女孩當作原本已經過世的女兒來養？」

「杜院長的親生女兒名叫杜靜，當年僅僅兩歲。而這個女孩則是澈底喪失兩歲之前的記憶。」

「會不會是她刻意隱瞞？況且，很少有孩子能夠記得清三歲之前的事，弗洛伊德把這叫做『童年期失憶（Infantile Amnesia）』，即使有人一件事都記不住，也不必大驚小怪啊。」

「但是杜院長領養劉靜的時候，發現她並沒有語言能力，連幾個詞拼在一起的簡單語法也完全不會。」

「這就有點令人匪夷所思了，是否在那時遭受了什麼打擊？」

「唯一可能就是她當時失去了一直關愛自己的哥哥，雖然她什麼都不記得，卻只懂得喊『哥哥』而不是父母。」

「真是個可憐人，她的父母也很早就去世了吧？」

「對。劉靜的母親在她出生之後沒多久就患有產後抑鬱症，在家上吊自殺。她的父親是個漁民，二〇〇三年的年初出海捕魚時發生意外，救援隊打撈後發現他早已沒了生命跡象。」

蔣天翔拉開窗簾，陽光從外頭透了進來，屋內一下子變得明亮，擺在書桌中央那本記事簿也變得格外顯眼。

「這本子……」

「應該是女孩的日記本吧，有什麼好奇怪的？」

「她沒有記日記的習慣。」

他翻開第一頁，卻被上面的文字嚇了一跳。

不幸的少女A

第十七章

9點一到，趙文彬便撥通《少兒童話天地》的編輯部聯繫電話。因為雜誌已經更名，所以編輯部是否完全換了一撥人也不得而知。

「請問找哪位？」

電話那頭傳來女聲，趙文彬喜出望外，對方聽上去像是中年女性，只不過背景音十分嘈雜。

「您好，請問是《少兒童話天地》編輯部嗎？」

「你打錯了。」對方冷冷地回道。

「可官網留的就是這個電話，應該不會有錯。」

「他們家的雜誌今年宣布休刊，整個辦公場所租給我們軟體研發公司。你要找編輯部的人？」

「對，請問您有他們現在的聯繫方式嗎？」

「你稍等，交接的時候主編有報給我一個手機號。」對方的回答再次令趙文彬看到了希望，過了大約一分鐘，那個人報來一組號碼，「138XXXXX05，我記得那個人姓方。」

「謝謝！真的太感謝了！」

趙文彬記下這組號碼，再次撥了過去。這次接聽電話的是個頗有年紀的男人，雖然能辨別出年齡，但嗓音卻十分渾厚：

「您好，這裏是方悅。」

「方老師您好，我是《少兒童話天地》的讀者，剛才撥通編輯部的電話，他們說雜誌已經不做了，真是不好意思，一大早就打擾您。」

「既然是敝社雜誌的讀者，就是咱們的緣分。」對方頓了片刻，轉而問道，「有什麼我能幫助您的？」

「是這樣的，我有個朋友當年曾向貴社投遞了一篇童話故事。說來實在不好意思，因為時間太久遠，最近我們在聊這件事，當年還是手寫稿件，我們聊到最後居然在意起投稿日期這種芝麻蒜皮的小事……」

「能告訴我那篇童話故事的標題嗎？」方悅的回答並沒有一絲不悅。

「標題是《光榮的荊棘王國》。」

「啊，我知道，快二十年前的作品吧。」

「您記性真好！」

「說來也巧，當時我剛升任副主編。那是我審的第一期雜誌，所以印象特別深，最近還在翻看呢。」

「那麼您是否記得收到這份稿子的時間呢？」

「當時SARS鬧得厲害，應該就是那個時間點……」

「具體時間可有印象？」

「啊！我想起來了，收到這份稿件應該是三月二十二日，剛好壓在我們的截止日期。」老人頗有些得意地說道，「那年我們編輯部的小陳還在問我，是不是要排到下一期去，不過我覺得童話故事質量很高，而且那位作者的字非常漂亮，於是就安排在當期優先刊發。」

「實在很感謝。另外，恕我得寸進尺地問一句，當年的手稿，貴社一般會留底嗎？」

「雜誌休刊之後，我們都統一處理掉了，並沒有留下來。如今市場上好像不需要紙質期刊的存在，很多年輕人都不願意看書，微薄的利潤只能讓我們苟延殘喘，今年終於還是做不下去了……」

「真抱歉，提到這種傷心事。」

「小夥子，你的聲音聽上去也很年輕啊。」老人嘆了口氣，繼續說道，「雜誌休刊前，這裏的編輯也有兩位還不到三十歲，現在卻不得已轉行了。其中一個還在房屋銷售公司打拼，一個月的薪水頂得上在編輯部大半年的收入，想到這裏真是有夠諷刺……不好意思，突然向你倒苦水。」

「哪裏。您能記得起當年的事已經幫上我大忙了。」

趙文彬掛了電話，心情激動不已——和自己的推測完全一致！劉欣當年打算在《光榮的荊棘王國》告訴讀者的就是希望村火燒隔離站這件事。如此，一切便能順利地聯繫起來。

十七年前，希望村一定對劉欣下了狠手。

——但目前沒有證據，而且這件事會和杜向榮有什麼關聯？他為什麼要留下那種死前留言？依然有疑惑沒能解開。

趙文彬想到了劉靜，好像沒見到她下樓。就在這時，樓下傳來了一陣腳步聲，他原以為是劉靜，然而出現在眼前的卻是邱勇亮。

「怎麼是這種表情，看起來很失望的樣子。」

「不、不，你多心啦。調查有結果嗎？」

興許是邱勇亮累壞了，竟「撲通」一下坐到趙文彬的床上，「全村都搜遍了，還好特殊時期不允許村民隨意外出，要不準會被圍攻的。」

「還是沒找到少女A？」

「連一根頭髮都沒有。火災現場快被燒成焦炭了，血跡鑑定怕是做不成。」

「於是，你上來偷懶了？」

「不，我是想告訴你，那件藥材基地的事。」

「藥材基地？」

「東邊不是開了個製藥廠嗎？聽說是廠商和村裏合資辦的。希望村原本財力有限，村長林昕傑在三年前力排眾議將大筆資金注入。我們剛才一路搜了過去，卻遭到許多青年的阻止。」

「他們幹嘛阻止警方辦案？」

「說是在加急生產，得等這批貨趕製完才能讓警方進去。依我看，杜向榮會不會把屍體藏在藥材基地裏？」

「其他可疑的地方都搜過了？」

「大年初一找人挖墓地，這種缺德事我下次不幹了！」邱勇亮像是想到了什麼，翻出手機購物頁面，「你說，他們趕製的藥品會不會是這個？」

「Rnd-32？」

「現在全國上下都在瘋傳，Rnd-32是抗疫情的特效藥。你看看這銷量，一天內售出38.6萬盒，一盒已經被炒到了天價。」

趙文彬看了看購物頁面的商品簡介——最近發現！Rnd-32是抵抗本次「新冠」疫情的特效藥！某村發生聚集性病例，村民服用該藥後，隔天便立即痊癒！現已脫銷無現貨，原廠緊急加製！簡介的最後還附上醫務人員和患者的照片。儘管臉部用馬賽克遮擋，但可以辨別出這就是昨天在希望村拍的照片，余明春他們反而被人用來做廣告，不知他看到後要做何感想。

「藥方裏並沒有特殊的材料，這玩意真的能抵抗病毒嗎？」

「這你就糊塗了。現在不止H市，全國上下的民眾都陷入恐慌。大家都抱持著『寧可信其有，不可信其無』的想法。不信你去超市看看，米、油以及日用品早就被人搶購一空啦！」

「不是說這個病毒就是因為聚集才傳播的？這樣做豈非正中下懷？」

「神奇的還不止這一點。有的市區居然為了限制居民外出購物，限定只有在特定的時段才可到菜市場，結果在那個時間段，成百上千人湧入……」

趙文彬聽後哭笑不得，這麼一來Rnd-32的脫銷完全可以理解。十七年前，板藍根、綠豆、糯米、薰香都是民間謠傳的「抗SARS神藥」，造成民眾長時間恐慌性囤積貨物，但事後想來非常可笑。原以為那次疫情過後，民眾有了前次教訓便不會輕易相信謠言，可這次看來，反而變本加厲。一方面是拜謠言傳播速度更快、傳播渠道更廣所賜，另一方面當人們陷入恐慌狀態，很容易喪失理智，如果下一次碰上類似危害公眾安全的事件，大家還是會輕信謠言。

「對了，期刊那邊結果怎樣？」邱勇亮問道。

「他們果然休刊了。」

「不是問你這個啦。」

「哈，幸虧老主編留了聯繫電話給接手的新公司，而且他對《光榮的荊棘王國》印象特別深，就是在火燒隔離站事件發生後、新聞報道前寄去的。」

「這麼說來，童話故事是想告訴我們這件事？」

「只能說是其中之一。還有很多我不理解的地方。」

「對了，有一處讓我覺得很奇怪。童話故事的最後，垂垂老矣的鐵皮人應該就是指尼克斯・烏伊爾吧？那麼，他為何還會聽到喬妮的歌聲——年長的姊姊牽著小妹妹的手，她們一起在茫茫世間漂流……呢？」

「也許劉欣是想表達主人公思念自己的妻子。」

「是這樣嗎？可是谷隊在南大醫院昏迷的時候還做了個夢，他像是夢到了童話故事的情節。他告訴我們，喬妮就是鐵皮人安插在荊棘王國的內奸？」

「內奸？谷隊說的？」

「對啊。」

「那你為什麼現在才告訴我？」

「這不剛想起來嘛……」

趙文彬再次翻閱起《光榮的荊棘王國》，女主人公喬妮的確在拯救尼克斯．烏伊爾時以及故事的最後唱出那句歌詞——年長的姊姊牽著小妹妹的手，她們一起在茫茫世間漂流，那麼喬妮真的是恰巧路過戰場嗎？為何獨自一個人？故事之後就再也沒出現過那隻信鴿，究竟是喬妮放給誰的？假設尼克斯．烏伊爾所聽非虛，那麼這個聲音應當是喬妮發出的，意味著喬妮並沒有死去。稻草人通過判別人類的內心來分清善惡，躲在暗處的鐵皮人則剜去心臟，偷偷潛入荊棘王國。劉欣想要表達的確實是這樣嗎？

針對《光榮的荊棘王國》，目前只能推導出尼克斯．烏伊爾指的是潛入希望村的記者劉欣，他想傳遞給讀者的信息便是希望村火燒隔離站的惡性事件。如果稻草人代表入駐希望村的防疫人員，那麼，鐵皮人就是希望村的村民？

不，應該是受蠱惑的村民。他們被限制了人身自由，因此和防疫人員形成對立之勢。

故事裏鐵皮人所需要的綠色智慧藥丸、火藥、熒光粉和熏香，和當年SARS疫情中被高價販售的貨物可一一對應。疫情爆發之際，全國各地瘋傳著一個孩童剛出生便會說人話、告訴大家「服用綠豆可防治SARS」的神奇傳聞，消息一出，全國媒體紛紛擴散，市場上的綠豆價格水漲船高。趙文彬曾在大陸經濟學家的著作中讀到過，在這個謠言爆發前夕，大批無法銷售、供大於求的綠豆早已悄然地被運輸到某個城市暗中分配，明擺著是商人投機斂財之舉。若綠色智慧藥丸所指代的正是這個物品，那麼後續的火藥、熒光粉和熏香，則是非常明顯地提示讀者，故事中出現的四樣物品均是SARS疫情中各種謠言的「主角」。

趙文彬在稿紙上描繪著谷超曾告訴他的「時鐘巡迴」法則，目前童話故事裏很多「S層」可與「T層」一一對應。

如果以尼克斯・烏伊爾為起點，將「S面」和已知的「T面」根據在《光榮的荊棘王國》中出現的頻率標記，那麼依靠故事的「S面」所編織成的「F面」就是這樣的——尼克斯・烏伊爾在荊棘王國遇到了鐵皮人，鐵皮人請求他尋找四樣物品，藉此攻破荊棘王國的防線，燒死稻草人。接著，尼克斯・烏伊爾遇到了喬妮，她告訴尼克斯，鐵皮人利用四樣物品燒燬了王國的防線和稻草人，王國就要淪陷……

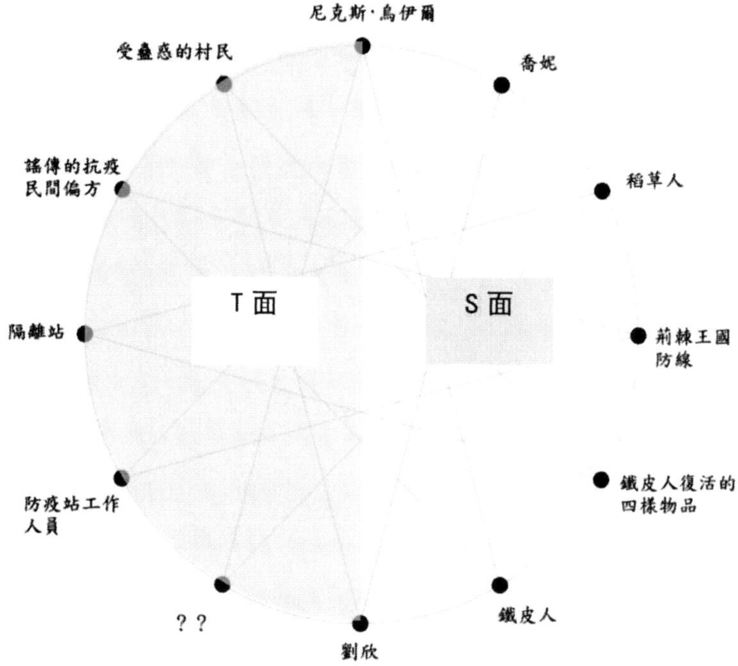

筆端隨著折射的線條挪動，當射線引到「？？」處時，趙文彬陷入了苦思：故事的最後只出現了垂垂老矣的尼克斯・烏伊爾，並沒有喬妮，但根據「時鐘巡迴」理論，喬妮勢必在故事中扮演某樣「重要的角色」。

——如果以「F面」來詮釋的話……

劉欣來到希望村，被村民們委託運送四件物品（謠傳抗疫的民間偏方）到村外的城裏。樂於助人的劉欣答應了，但將它們搬運到隔離站附近時，卻被防疫工作人員攔下。而後劉欣和■■（指代「T面」中的「？？」）發生了某件事，以此為契機，村民們運輸四件物品受阻，激憤的村民火燒防疫站，毆打防疫人員。事件平息後，劉欣和[redacted]（指代「T面」中的「？？」）之間發生了另一件事，於是，劉欣決定提筆撰寫童話故事，將它寄到出版社告發這一切。

如此一來，就算不知道「T面」中的「？？」究竟指代誰，故事隱含的一條暗線也呼之欲出了……

馬克思主義學者布洛赫曾經提出一個觀點：童話裏的象徵是「封裝在原型中的希望」（Archetytisch eingekapselte Hoffnung），它們能引導讀者看清意象。為什麼隱藏在雪堆裏的鐵皮人會知道智慧藥丸的購買地點？為什麼它們能識別稻草人的致命弱點？荊棘王國裏必然有鐵皮人軍團的內應，作者劉欣行文至結尾處都沒有明確地進行交代，但卻告訴讀者被軟禁的英雄尼克斯・烏伊爾在新王宮裏聽到喬妮的歌唱。這一切只能引導出一個結論——喬妮便是荊棘王國裏的內奸。谷超的結論完全正確。

經過上述分析推斷，隻身前往一線作報道的劉欣被希望村下了封口令，但他還是通過《光榮的荊棘王國》將這件事用隱喻的手法告訴全國人民。

——事後，或許被村民發現，劉欣就被他們注射針劑滅口，謊稱被SARS感染。

趙文彬握緊了拳頭。如果事件真相確實如自己所料，那麼如今希望村裏的可疑舉動也就合情合理了。一個月前，W市就爆發出新疫情，當時並未引起重視，醫務人員也被下了封口令，但民間已有消息傳出。恰逢此時，希望村投資的製藥廠經濟效益虧損，於是林昕傑他們決定大幹一場，召集進城務工的年輕人回村，在疫情爆發之際推出Rnd-32，並通過鋪天蓋地的宣傳吸引陷入恐慌的群眾囤積該藥品。向外界供應貨物勢必需要不少勞動力，因此村裏一下子出現那麼多身強力壯的青年便完全可以理解。林昕傑在村內無疫情發生的情況下，請求南大醫院派出醫務人員支援，為的就是讓他們見證感染病毒的青年在服用Rnd-32後，由覈酸檢測陽性轉為陰性。宣布他們檢測結果為陽性的是村衛生所的人，其實那幾名青年根本沒有被感染，而後在余明春的見證下，再次對幾名青年進行覈酸檢測，理所當然是陰性的結論。由此一來，醫務人員便成為證明Rnd-32是抗病毒特效藥的最佳見證人，希望村的如意算盤就這樣輕輕鬆鬆地打響了。

若說十七年前的SARS是植根在視網膜上的「殘像」，那麼十七年後這場新疫情便又讓人們看到當年的一幕幕。

某些事情並沒有發生任何變化……

「喂，你在想什麼呢？」

趙文彬彷彿靈魂離體一般，自顧自地思考著，全然不顧身旁的邱勇亮。

「……我好像知道《光榮的荊棘王國》的祕密了。」

「真的？」

趙文彬點點頭，但有一件事還在他腦海裏打轉。

——故事裏的喬妮到底是誰？

「對了，剛叫我有什麼事？」

「真服了你，叫了十幾聲都沒應。」邱勇亮打開趙文彬的微信，剛轉發了幾張圖片，「蔣天翔在劉靜的病房裏發現她的日記。」

「這樣做不太好吧？」

「你先看看上面的內容。」

——不幸的少女A。

趙文彬腦海裏一陣天旋地轉。

「十七年之間的殘像……」他失了神志一般瘋狂地翻看著日記本裏的文字，「沒錯，就是殘像！」

如果事實正如他所料，《光榮的荊棘王國》、十七年前劉欣之死、十七年後杜向榮之死以及那個「血屋」，便能完美地聯繫在一起。他立即從床上蹦了起來，來到劉靜的房門外使勁敲打，還是無人響應。情急之下，趙文彬踹開房門，裏面果然空無一人。

「你怎麼了？突然跟瘋了一樣。」跟在身後的邱勇亮和賓館服務員一樣大惑不解地看著趙文彬。

「快讓同事們在全村範圍內搜索，務必找到劉靜！事不宜遲，快行動！」

第十八章

南大的急診科分為流水區、搶救室、觀察室、EICU（急診重症監護室）、綜合大病房，是個龐大的臨床中心。一般情況下，病人到醫院就診，首先要在一樓的分診臺掛號，分診的醫護人員按照病情決定去向，病情較重的直接前往搶救室。如今，搶救室就是整個醫院的核心，必須由最強的醫務團隊搭建，然而疫情的蔓延導致南大具備專業條件的醫生、護士人手極度緊缺，不少剛入職沒多久的年輕人也被調入這個團隊。

當搶救室的大門打開時，迎接蔣天翔的是咳嗽、乾咳與痛苦的喘氣聲等病徵，看起來就是一個氣急敗壞的菜市場。患者家屬嚎啕大哭、往來奔走，因臨時加床導致儀器接線纏成一團亂麻。兩名急診科的醫生連續兩天兩夜不眠不休，這種情況下任憑是誰，抵抗力都會有所下降，然而他們診療的對象都是危重症患者，不被感染的幾率微乎其微。

「你們先到隔離室去，換我上。」

蔣天翔徑直走向手術室，吩咐幾名護士對室內進行消殺。病情還在蔓延，治療刻不容緩，候診室外還有許許多多吊著氧氣瓶的患者。

這時候容不得半點遲疑。

但是——

蔣天翔的思緒完全被打亂了。

他還在想著劉靜病房裏那本詭異的手記。

一月十八日

「害怕爸爸的視線嗎？」

男人指著倒在閣樓的屍體，問著少女A。

不，那已經不能稱之為屍體，而是一堆腐爛的肉塊。

A拚命地搖頭。

「不怕，小A很勇敢。」

「非常好。」男人滿意地頷首，接著搬了張椅子，要少女A坐在他的膝上。

「喜歡和我一起生活嗎？」男人繼續問道。

「喜歡。」

「真的？」

「真的。」

「太棒了。妳要快快長大，長得健健康康的。」

男人摸了摸女孩的腦袋。

「父親……」

「什麼事？」

「我想哥哥了，他還沒回來嗎？」

「快了。等他回來，我們要做好多好吃的東西，痛痛快快地慶祝。」

蔣天翔揉了揉額頭，他不斷提醒自己，現在面對的是危重症的患者，自己是唯一能夠救活他的人，不能有半點疏忽。但腦海的另一處卻傳來一個輕輕的聲音，對他訴說著自己的故事。

「副院長，您沒事吧？」

清醒之後，蔣天翔才發現所有人都在關切地注視著自己。

「沒事。」助理擦拭了他額頭上冒出的冷汗，「管道定位好了嗎？」

「一切準備就緒。」

蔣天翔反覆確認ＥＣＭＯ的管道定位，從第四胸椎上緣至橫隔水平處，都需要十分精確，

「好的，開始預衝管道。」

「知道了。」

「過程中切記避免氣體栓塞，膜肺位置要低於患者的體位。」

「明白。」

一月十九日

雖然少女A還小，但為了讓她看起來更加美麗，男子特地從城市裏買來各種小巧玲瓏的洋裝，要女孩一件件地試穿。這對女孩來說，是從未有過的美好時光，她發自內心地喜歡眼前這個男人。

另外，男子還必須陶冶女孩的性情。憑藉著自己年輕時曾擔任過學校教師的經驗，男子買來了簡單的讀本，教會少女A各種禮儀。有時候，男子還會播放CD，裏面傳出的樂器演奏也會在不知不覺間增進少女A的音樂涵養。當少女A以可愛的姿態跳著小步舞曲時，男子總是笑瞇瞇地在一旁觀看。

「哥哥到底什麼時候才能回來？」

直到有一天，少女A對舞曲失去了興趣，向男子抱怨道。

「乖，他馬上就回來了。」

「馬上是多久，多久，多久啊？」

男子面部逐漸僵硬起來，連眼神都轉為黯淡，他一步步地逼近A。

「聽著，在他回來之前，妳的任務就是讓我高興。你這麼一鬧，父親現在很不開心哦。」

「我、我一定努力讓父親大人高興。」

「這就對了。」

男子終於露出欣慰的笑容。

「糟糕，患者出血了。」

「不要驚慌。」因為醫院醫務人員告急，在他身旁的都是初出茅廬的年輕人，雖然都是名校畢業的高材生，但卻缺乏實際的臨床經驗，遇到突發狀況容易慌張。他一面安撫一面問道，「快看看，是什麼部位出血？」

「置管的位置。」

「應該是切開置管時引起的。先進行局部壓迫處理，記得觀察動脈端的引流情況。」

「明白了。」

每個送來的病患情形都十分不樂觀。ＥＣＭＯ其實早在SARS期間就已經有過臨床治療成功經驗，但十七年過去了，治療器械卻還是從美國進口，設備和耗材費用都很高，還未有能夠國產化的辦法，資源仍舊捉襟見肘。一臺ＥＣＭＯ的價格在100萬元至350萬元人民幣之間，十七年後如此關鍵的時刻，全國的ECMO設備卻不到400臺。有過相關治療經驗的醫師少之又少，就連蔣天翔也只是在出國留學那段時間接觸過這套儀器，回國後傳授給醫院的其他醫師。

「不好了，流量一直在往下掉。」

監測儀尖銳的警報音響了起來，螢幕上的數字就像交通信號燈一般不停閃爍，患者的性命危在旦夕。

「不要慌，這是氧容量的問題。現在馬上調整ＥＣＭＯ的轉速！」

病人的氧參數也在不斷地下降，隨時出現心跳驟停情況。

「快速補液！小管那兒擡高病人的下肢！」

一月二十日

「小A，一個好消息和一個壞消息，妳要先聽哪個？」

「好消息，我喜歡快樂的事！」

「呵呵，你哥哥已經回來啦，我們一會兒就要去見他哦。」

「哇呼！」

少女樂不可支，隨著CD傳出的古典音樂與奮地跳著舞。

「還有一個消息沒說呢。」

「對哦，父親說了是壞消息……」

「壞消息就是我們馬上得離開這裏，到原來那個地方。」

「我不喜歡那裏。」女孩嘟著小嘴抗議道。

「這個由不得你哦，我已經打包好了要帶回去的東西。」

「不要，小A不喜歡那裏，小A在這兒過得很開心。」

「可是妳的哥哥卻在那等著妳。」

「好吧……」

女孩這才快快地跟上男子的步伐，離開這個小天地。臨走前，她戀戀不捨地望著屋裏的每個角落。

「父親。」

「嗯？」

「那個不帶走嗎？」女孩指著黑暗一角中閃閃發光的某樣東西。

「不帶、不帶啦。」

「那是做啥的？」

「用來劃破你細嫩皮膚的哦。」

男子蹲下身，高興地撫摸著女孩烏黑亮麗的長髮。

夢魘一般的內容始終縈繞在蔣天翔的腦際，但他來不及發怔。眼前的病患命懸一線，這時只能靠在場的五位醫務人員。

「病人的氧供應循環趨於穩定了。」

護士小王那兒傳來好消息，監護器的警報聲隨之解除，蔣天翔這才稍稍鬆了口氣。他深深地體會到平日裏受過的危機訓練也只是讓他看起來沉穩老練罷了，僅僅看上去比驚慌失措的年輕人們多見過幾次世面。

病人的體徵很快轉危為安，蔣天翔擦了擦流到頸部的汗珠，對同事們叮囑一番後，打開手術室的門。放在隔間的電話不停地振動，原來是趙文彬打來的。

「趙刑警，你好。」

「蔣先生，請問劉靜有回去嗎？」電話那頭的聲音十分急促，聽上去沒比方才手術室的護士們輕鬆多少。

「沒有啊，她不是在你們那兒嗎？」

「劉靜她……她不見了。」

「不會吧，難道是因為……」

「您先別著急。有件事我想和您確認一下。」蔣天翔分不清趙文彬是緊張還是興奮，只聽見他不斷噓唾沫的聲音，「杜向榮記事本裏的塗鴉頁……能否放大後拍給我看？」

中國境內「新冠」肺炎病例通報

截至二〇二〇年一月二十六日0時0分，中國境內確診「新冠」肺炎病例1975例。

國家疾控中心成功分離出病毒，並著手開始研發疫苗。

第十九章

通知調查任務改為全村搜尋劉靜下落後，邱勇亮和趙文彬出了雄風賓館。他們推開賓館的玻璃門，習習的涼風撲面而來。

賓館的早餐安排在7點30分至9點，趙文彬見余明春他們已經前往村衛生所篩查可疑病例，四下無人，便和前臺聊了一會兒。對方依舊一邊插著充電器一邊玩著手機，他告訴趙文彬，最近不少年輕人回村，林昕傑的獨生子林權引著這幫人去村裏合資的藥廠，沒日沒夜地加班，這項工作的確不適合身體孱弱的中老年人。

聊到這時，趙文彬想起了劉靜。雖然目前暫時沒有音訊，但她身體瘦弱，應該不會獨自跑出希望村外，那輛唯一能夠出村的大巴駕駛員也聲稱乘客裏沒有符合劉靜長相和身形的女生。

「什麼？襲擊你的人是劉靜？」

「對。」出了雄風賓館，趙文彬披上一件厚外套，二人一直步行來到已經被焚燬的「血屋」前，現場已經沒有什麼可作參考的證據，趙文彬依舊向邱勇亮描述起當晚的經過，「那天夜裏跟蹤我的人如果是個普通青年，那麼勢必會一路跟上我的腳步。當時我一下子跳上了二層，這對於一個普通人來說並非難事，誰都可以辦到。但只是在我下了一層、把頭伸出窗外那一刻，才被埋伏在窗框下的跟蹤者攻擊。為什麼跟蹤者採取守株待兔式的不尋常手段呢？原因在於對方並非不想繼續跟蹤，而是她沒有體力跟隨我的腳步，連『跳躍』這個動作對她來說也是件困難事。」

「即使如此，也不能說得太絕對吧。」

邱勇亮在實際刑偵工作中的確也遇到幾位偷偷躲在出口處襲擊警方的跟蹤者，他們不關心警方在現場調查結果如何，而是選擇在必經之路上埋伏。

「還有一點。我和劉靜是跟著醫療救援隊來的。剛在希望村落腳，連村長都不知道我的身分，自然不會引起他們的警覺。唯一知道我身分的，就只有醫療救援隊的成員。他們都是具有強健體魄的人，而且，襲擊者對我使用了電擊槍，而不是棍棒之類的鈍器……」

「所以你認為劉靜是襲擊者？」

「假設襲擊者是希望村的人，他們大概率會選擇結伴行動，以多敵寡。」趙文彬努了努下巴，眼前的「血屋」差點成為他的葬身之地，「一開始我只是懷疑，到後來才轉為確定。」

「襲擊者可是在現場縱火啊，她想殺了你？」

「她想燒燬屋子原因有三。第一，可以掩飾屋子內的血跡。」

「掩飾血跡做什麼？」

「我想，潑滿整個屋子的血，恐怕是來自杜向榮的。」

「他？可是屋內的血量足以致死，而且……杜向榮的屍檢報告你看了嗎？除了他的胸口，並沒有第二致命傷。」

「他可以儲存自己的鮮血，並添加緩凝劑，不讓鮮血凝固。這樣一來，只需要幾天時間便可收集大量的血液。」

「原來如此，你的意思是劉靜害怕現場的血液被警方鑑定出紕漏，所以選擇燒燬整間屋子。可是，她的動機是什麼？」

「這個稍後再說。」趙文彬賣了個關子，「第二，就體力來說，她無法將昏迷的我扛出屋外，因此她恐怕真的對我動了殺機，或者說，在消除證據面前，我的性命不值一提。」

「第三呢？」

「第三，她為了讓自己排除嫌疑。」

「怎麼說？」

「她是跟著整個醫療團隊進入希望村的，當時我的身分還未暴露，如果村內發生縱火事件，絕對不會懷疑到初次進入村子的醫務人員。」

「這麼看來，你把劉靜帶來希望村也是她計畫中的一環？」

邱勇亮這麼問著，心情卻像在大霧中迷失了一般。

「你說對了。」

「……杜向榮也是她殺的？」

「沒錯。」趙文彬握起拳頭，在杜向榮被刺的位置比劃了一下，「刺殺杜向榮的小刀並沒有全部扎進去，也能證明行兇者的力道不足。」

「但是她卻能揹著杜向榮到玻璃天臺。一個連跳躍動作都不能完成的人，怎麼可能有力氣做到這一切？」

「並不是這樣。杜向榮並不是被兇手揹上天臺，而是他自己爬上去的。」

「自己爬上去？」

「他是為了掩蓋事實，讓警方的注意力從劉靜身上轉移出去。你想，當晚在七層加班的醫務人員那麼多，警方要如何排查？唯一的方法就是從嫌疑人的特徵入手。一個手無縛雞之力、身患絕症的柔弱少女，任憑誰來調查都是第一個在嫌疑人名單中去除的對象。」

「可是，正常人會無緣無故殺了養育自己十七年的養父嗎？」

「因為他犯了不可饒恕的錯誤。」

「不可饒恕的錯誤？」邱勇亮重複道。

「這個錯誤改變了劉靜的一生。不論杜向榮對自己的恩情有多麼偉大，但遠遠無法彌補。」

「什麼樣的錯誤？」

「這些都記載在杜向榮的手記裏。」趙文彬調出手機相冊，呈現在螢幕上的是杜向榮的手記，「你還記得手記上被他大肆塗鴉的一頁嗎？在塗鴉頁之後才詳細記述少女A的故事。我們都對故事裏杜向榮那些令人髮指的行為感到義憤填膺，卻忽略了一些不合常理的地方。在我重新閱讀那篇手記的時候，一切都變得十分明瞭了……」

「不合常理的地方？快別吊胃口了，快說究竟是怎麼回事！」邱勇亮焦急地問道。

「你聽過『殘像』這個詞嗎？」

「殘像？」

「它指的是眼睛在經過強光刺激後，會有印象殘留在視網膜上，這是由於視網膜的化學作用殘留引起的。那篇手記只是一個『殘像』，一個十七年的『殘像』。」趙文彬指著手機螢幕上的幾個位置，「手記出現了幾處非常不可思議的記載——」

「哦？我怎麼沒發現？」

「別急、別急，先說最明顯的一處吧——『就連自己的家也是如此，火柴盒的造型卻令我心生一種還在工作狀態時的不快，但這種不快並沒有維持多久』。注意，此處杜向榮提到了『也』，緊接著出現『工作狀態時的不快』，很容易判斷出他指的是『老宅的建築風格和他的工作環境很相似』，你還記得南大綜合醫院的建築特色嗎？」

「是圓筒體，不是火柴盒規規矩矩的長方體！」

「對了。在二〇〇三年，杜向榮曾經擔任W市民協醫院院長。之所以說那篇手記是跨越十七年的殘像，意義就在於它其實是十七年前寫成的。而扉頁的塗鴉則是杜向榮為了塗抹封面寫明的日期。整個記事本其實是杜向榮十七年前在前一家醫院裏使用的！」

「但是僅僅憑藉這一點，也太……」

「不只是這一點。手記裏還有不少地方證實我的猜想——『山路儘管崎嶇顛簸，但好在我的蒙特羅具備良好的越野性能，令我感到十分滿意』，蒙特羅是三菱二〇〇二年底的流行車款，現在一般很少人開了，更何況大醫院的院長。另外還有一處——『簡直是對我的侮辱！一上午的鬱結無從發泄，只得安排這些人將會議紀要謄抄十遍，讓他們使用電腦簡直是浪費資源，醫院本身也不需要那玩意』，從字裏行間看得出彼時的電子辦公設備十分緊缺，不像現在這般普及。綜上所述，杜向榮留下的手記是十七年前寫就的，根本不是記錄幾天前的事。在推理小說世界中，有個『敘述性詭計』的專業術語，意思是作者用來誤導讀者的文字敘述手法，而杜向榮特意留給我們警方的手記就是一種『敘述性詭計』——他所指的『疫情』其實是SARS疫情，而非這次的『新冠』，手記記載的是二〇〇三年的事實，並非二〇二〇年！」

「這麼說，村子裏根本沒有少女A咯？」邱勇亮內心一股無名火，他們全因為一具子虛烏有的屍體而被死者耍得團團轉。

「錯，她就在村子裏。」

「但你說手記是二〇〇三年發生的事……」

「你說對了，正是十七年前的事。」

「這我就聽不懂了，那麼少女A怎麼還在村子裏，她不早該化為白骨了嗎？」

「非但沒有，她還大搖大擺地出現在我們眼前……」

「到底怎麼回事？」

「一切都要回溯到杜向榮被害事件。」說到這裏，趙文彬刻意頓了一下，橫跨十七年的一連串事件彼此相互關聯，一環套著一環，而南大醫院的事件既是十七年前希望村犯罪行徑的結果，也是「血屋」事件的導火索，「杜向榮在被劉靜刺殺後，因為刀子沒有扎深，因此他一面捂住傷口，一面走向七層直通天臺的那扇門，憑藉頑強的意志力獨自攀爬上玻璃天臺。到了天臺頂部，他終於看著劉靜露出釋然的微笑。他那微笑有三重含義：第一，自己終於在劉靜面前說出隱瞞十七年的事；第二，幫助劉靜洗脫嫌疑，令警方的調查遊離在真相之外；第三，他確保自己的手記會被警方發現，一旦如此，警方就是他執行真正動機的重要工具。」

「且慢，你說杜向榮在劉靜面前說出隱瞞她十七年的事，到底是什麼事？」

「一切都在《光榮的荊棘王國》裏。十七年前，劉靜的哥哥劉欣發現希望村正在進行大肆斂財的交易，將囤積過剩的農產品和稀鬆平常的煙花爆竹通過謠言的包裝，搖身一變成為抗擊SARS病毒的民間特效處方。防疫站的工作人員制止希望村的這種行為，然而卻遭到在利益驅使下的村民們強烈還擊，劉欣發現這一點，也企圖憑一己之力阻止，可是……」

「被村民注射帶病毒的血液？」

趙文彬想到劉欣手臂上星星點點的痕跡，微微頷首，「還記得我和你說的二十四個謎題嗎？現在我告訴你，只需要一個真相就可以悉數解開——杜向榮在一月十九日當晚自己取出放在書桌上的藏品小刀，並把那篇十七年前的手記交給劉靜，上面詳細記載著在二〇〇三年一月十五日至十八日期間自己將劉靜帶回希望村的事，並告訴她劉欣身上的病毒是在村民的監視下注射的。十七年後，新的疫情再次出現，希望村村長林昕傑找到杜向榮，但他並不想合作，並深感自己犯下的罪惡，決定讓劉靜來裁決自己。他手握刀柄，立在劉靜面前，憤怒的劉靜握著杜向榮的手，將刀子刺向他。因為劉靜身體孱弱，刀子並未全部扎入杜向榮的身體，後者為了洗脫劉靜的嫌疑，獨自攀爬上玻璃天臺，並寫下『尼克斯・烏伊爾』這個死前留言。」

「屍體面帶微笑我能理解，畢竟那一刀算是對罪行的救贖。但杜向榮為何要身穿『烏嘴醫生』的裝扮呢？難道只是製造恐怖景象？」

「當然不是。『烏嘴醫生』的裝束是一身黑，在黑色的夜空中很難辨別得清，他是為了讓自己的屍體在清晨過後才被人發現，藉以留給劉靜恢復心緒、準備下一步計畫的時間，並擴大警方篩選嫌疑人的廣度。」

「杜院長真是費盡心機啊。」

「可不？往往越簡單的事實，卻越讓人覺得撲朔迷離。當時的劉靜上不去天臺，所以無法看清杜向榮寫了些什麼，心裏一直惴惴不安。也許是有意為之，劉靜刻意將《光榮的荊棘王國》拿給我看，最後利用我達成前往希望村的目的。」

「我明白了，這和『血屋』事件是一個道理。劉靜的身體不好，根本爬不上去，杜向榮深知這一點，所以通過複雜的體力活將警方的視線引開，這點我是能理解。可那本手記特意讓警方發現又是怎麼回事？」

「想要破解這個謎題，我們還得追溯到十七年前那篇手記的事。以下是我的推測，目前還沒有確鑿的憑證：十七年前，劉靜的父親出海捕魚遭遇意外，被送到杜向榮所在的醫院時，已經沒了生命跡象。在那時，杜向榮結識了劉欣和他兩歲的妹妹劉靜。因為外出採訪的緣故，劉欣把妹妹託付給杜向榮。然而，表面親和的杜向榮，實際上卻經常將醫院的屍體和藥品帶回希望村的住宅，他瞞著家人每週返回另一個家，那是希望村的老宅，也是他發泄工作壓力的另一個世界。杜向榮說服劉欣將父親的器官捐贈，實則偷偷帶回希望村進行剖解，年僅兩歲的少女劉靜就成了他玩虐的道具。」

「但是，杜向榮最後並沒有將劉靜分屍，和手記裏的說法不一樣。」

「那是因為手記到一月十八日就結束了，沒有後續。」

「結束了？」

「嗯，因為那天正是杜向榮女兒的祭日，也是讓他轉變想法的一天。」

「二〇〇三年一月十八日就是他的女兒杜靜意外去世的日子，之後劉靜就成了他的養女……

原來如此……」

「沒錯，因為劉靜和他的女兒出生年月出奇一致。從那一刻開始，杜向榮的殺意一掃而空，轉而開始關懷、教育起劉靜。然而，一直對外人隱瞞老家在希望村的杜向榮，卻被村長交代一項能給村裏帶來巨大財富的工作，那便是利用身為醫務工作者的身分製造謠言。」

「這我能理解，從手記上看，當時希望村的條件並不富裕，甚至還比不上早前落後他們的鄰村。」

「十七年前杜向榮選擇和村長合作。劉欣來到希望村做採訪，卻意外地在村子裏看見杜向榮。另一方面，他以採訪希望村為名，實則已經通過其他渠道打聽到大批物資運送到了希望村，於是決定潛伏調查。」

「就在這時，他發現了劉靜？」

「對，也就是《光榮的荊棘王國》出現的女生喬妮。」

「可是故事裏的喬妮不是尼克斯・烏伊爾的妻子嗎？」

「以童話心理學來說，喬妮的出現只是代表一種『巨大的情緒』，屬於『S、T、F層』中的『S層』，並非指代尼克斯的妻子這個『T層』的事實。」

「杜向榮的目的又是為何？他把手記暴露在警方面前，就是讓我們到希望村搜查？」

「確切地說，是讓我們阻止Rnd-32的傳播。」

「沒想到這村子的隱瞞機制這麼厲害。村長企圖讓杜向榮配合引進或宣傳特效藥，卻遭到他的拒絕。於是杜向榮利用自己的生命，故意將那本手記呈現在警方面前。這樣一來，警方便會前往希望村搜查，在這個過程中，警方勢必會注意到關於Rnd-32的開發製作，這也是最近村裏聚集很多年輕人的原因。」

「我們搜查少女A的屍體的確會成為林昕傑他們的阻力，但搜查的時間也有限，就算他們不按照配方劑量製作，以警方的立場，我們也管不了這麼多……」

邱勇亮的目光集中到遠處的某一點，湛藍的天空中忽然升起黑色的濃煙，不斷翻騰、升起，還不時飄蕩著旋轉的火花。

「怎麼回事？」

疑惑間，一個騎著腳踏車的身影由遠及近，那是梁玉萍。距離二人尚有一段距離時，她便大喊道：

「不好啦，村裏著火了！」

「哪著火了？」

「村裏……那個藥廠著火了！村長他們現在正趕過去，大事不妙！」

「通知消防隊沒？」

「剛通知了，不過這裏實在太偏僻，按上次的速度，他們最快也得四十分鐘才能趕到。」

「對了，你一路上有見到劉靜嗎？」

「沒有。總之請你們快趕過去藥廠那看看吧。」

趙文彬和邱勇亮面面相覷，他們不祥的預感果真應驗了。

第二十章

藥廠的火勢已經無法逆轉，火焰從牆壁竄上天花板，屋頂的樑柱正在崩落，藥廠內的可燃物質一個個爆了開來，火光變得更加炫目。

林昕傑領著村民們灑水滅火，但那只是蚍蜉撼樹，徒勞無功。建築物上掛著的「安德克・希望製藥廠」的牌子被燒得扭曲變形，「咣噹」一聲掉在地面，和洶湧的火光融為一體。

「別攔著我。」當趙文彬聽說有村民曾目擊到在半小時前，一個形似少女劉靜的身影進入藥廠，他立馬從村民手裏奪過水桶，然後做了一個深呼吸，朝自己全身潑了下去。邱勇亮見狀死活不讓他冒這個險。

「太危險了，你進去會沒命的。」

「我有件事必須向她問清楚。」

趙文彬一甩手掙脫開來，毫不猶豫地衝了進去。

「該死。」在邱勇亮眼裏，這個頑固的傢伙就像撲向太陽的伊卡洛斯[11]。

11 希臘童話中代達羅斯的兒子，因飛得太高，雙翼上的蠟遭到太陽融化而喪命。

這是他第二次身陷火海。藥廠的空間雖然很大，但因為無法識別劉靜所在的位置，趙文彬就像無頭蒼蠅一樣四處亂竄。

——會在二層嗎？

樓梯的扶手已經燒成火柱，根本無法上去。

「你在找我嗎？」

趙文彬猛地一擡頭，一個熟悉的身影出現在他的面前。只不過此時的劉靜已經脫去那一頭烏黑的秀髮，正如趙文彬所料，那是一頂假髮。劉靜一定是得知自身命不久矣後，下決心利用自己前往希望村。從某種意義上說，劉靜得以實施全部的犯罪計畫，趙文彬負有不可推卸的責任。然而，他就是無法對眼前這位少女心生憎惡，畢竟她整整十七年時間，都被養父隱匿的真相以及病魔所吞噬。因此趙文彬無論如何也希望把她救出火場。

「阿靜，妳快下來。」

「這樣的我沒把你嚇到吧。」劉靜依舊露出初次見面時那抹純真的微笑，「別傻了，趁火勢還不算太大，趕緊逃出去。」

「不，我要帶著妳一起走。」

「我本就沒多少時間了，現在我所做的一切哥哥看到了一定會非常高興。」

說罷，少女竟肆無忌憚地笑了起來。

「雖然妳這麼做會讓外面的村民很頭疼，但能真正解決問題嗎？希望村只是一個小小的村落，他們尚且做出如此齷齪之事。就算妳不燒燬這間藥廠，他們也會因為不按處方量製藥以及藥材基地存在違規行為的事被叫停，這樣一來，他們指望靠Rnd-32斂財的企圖就會落空啦。」

少女依舊不以為然，她冷冷地俯視趙文彬：

「你知道為自己親哥哥注射致命病毒是什麼感覺嗎？」

「注射？妳在說什麼啊？」

「杜向榮跟我說了……十七年前，我就在這個村子裏……在這裏對哥哥注射了染有SARS病毒的血清。哥哥曾在村子裏四處奔走，揭發『抗疫神藥』的謊言，那些受蠱惑的村民得知哥哥要告發他們火燒隔離站、利用謠言藉機斂財，就立刻翻臉。他們利用身為妹妹的我……告訴我哥哥身患不治之症，那管血清是唯一能夠挽救哥哥的藥劑。當時我只有兩歲，當然不明白他們的企圖，所以被他們抓著手將那管血清……」

「所以妳在哥哥離世後，喪失了所有記憶？」

「對，殺死劉欣哥哥的人就是我！是我！」二層的地毯被火焰融化，火舌立即朝劉靜燒了過去，雖然僥倖躲過，卻被擺放著的貨物箱絆倒，一盒盒Rnd-32滾落在劉靜面前。她憎惡地看著眼前的一切，一樣閃著寒光的東西從她的身後掉了出來，發出尖銳的響聲。

「別想不開啊！」

明明近在咫尺，趙文彬卻只能對著樓上咆哮。濃烈的黑煙不僅模糊了他的視線，還散發出嗆人的氣味，讓他一下子無法發出聲音。

「一切都太遲了。」少女重新拾起刀子，「如果那天我沒看到杜向榮書桌上的手記，整整十七年我都不知道像親生父親般對待自己的男人，竟然對我做過那些齷齪事。」

「但從那時起，杜院長幡然悔悟，他把妳當成自己的親生女兒撫養。這次林昕傑本想和他勾結，讓他擔任幕後推手，卻被杜院長強烈拒絕，救贖他邪惡內心的就是妳呀！」

「你說的故事只存在童話裏，現實生活從來沒有大灰狼變成綿羊的故事！他以為做這些就能彌補自己犯下的滔天大罪嗎？」

火勢已經將劉靜牢牢圍住，在她耳邊不斷發出「啪吱啪吱」的聲音，即使趙文彬有著通天本領也無法挽救。

「咳、咳，別說這些了，妳快下來，有話咱們出去說！」

「你快走吧。」

劉靜懷著悲憫的心情垂眸望著趙文彬，雖然待在一起的時間很短，但她卻能深刻感受到趙文彬身上的正直和剛強。

透過瀰漫的煙霧，她看到趙文彬還在執著地試圖想辦法上樓救出自己，不禁嗚咽起來。

別過來！——劉靜喊道。

她咬緊唇瓣，像是下定了決心般把刀揚起，就這麼劃過自己雪白的脖頸。血花飛濺到站在樓下的趙文彬，他的臉上瞬間沾滿一片鮮紅。

粘稠的血液模糊了視線。

鋥亮的刀光一閃而過，傳來與地面碰撞的清脆聲響。

「不！」

趙文彬的臉龐因痛苦而扭曲起來。他想起了在醫院時自己曾拍著胸脯發誓保護劉靜，並安全地將她送回醫院；想起了在醫院裏女孩和自己談論著童話故事……如今，女孩就這樣倒在眼前，而自己卻無能為力。

鮮血一滴滴地染紅地面，開始在他身旁形成一灣淺灘。

內心的一角裂開一道縫隙，接著開始土崩瓦解。

趙文彬一下子跪倒在地上。

「笨蛋，劉靜是不希望你為她冒險！」

此時，濃煙中突然衝出一名男子，趙文彬的思緒被那熟悉的嗓音拉了回來，男子正是邱勇亮。他顧不得其他，一拳朝著趙文彬的腹部揮了過去，突如其來的攻擊讓後者當即失去知覺，倒在邱勇亮的肩上。

面對訓練場上的手下敗將，邱勇亮這次一樣贏得毫不費勁。

中國境內「新冠」肺炎病例通報

截至二〇二〇年二月四日0時0分，中國境內確診「新冠」肺炎病例20438例，死亡人數逾361例，已超越二〇〇三年的SARS疫情。

第二十一章

還是那間人跡罕至的咖啡廳。

原本是一個風和日麗、百鳥齊飛的週末，但二人坐定之後，天氣卻發生驟變。

谷超一身乾淨利落的打扮，從容地把稿紙遞到對面男人的座前。

「就像時鐘的指向分為順時針和逆時針一樣，『時鐘巡迴』下的童話故事同樣是可逆的哦。」他得意地看著坐在身前的趙文彬，「再從12點反方向讀讀它吧……荊棘王國的勇士尼克斯‧烏伊爾和自己的唯一親人喬妮在明辨世間善惡的稻草人的協助下保衛著荊棘王國的防線，他們摧毀了鐵皮人復活的四樣物品，從而成功擊退了鐵皮人軍團……」

「真的，反著看居然成了這樣的故事。」

「傻瓜，既然是『時鐘巡迴』，必然能構築出不一樣的故事啦。」谷超用鉛筆敲了敲徒弟的腦袋，接著露出欣慰的表情，「這次你做得不錯，雖然最終還是沒能將真兇緝拿歸案，卻也勇氣可嘉。」

「你究竟是誇是貶？」

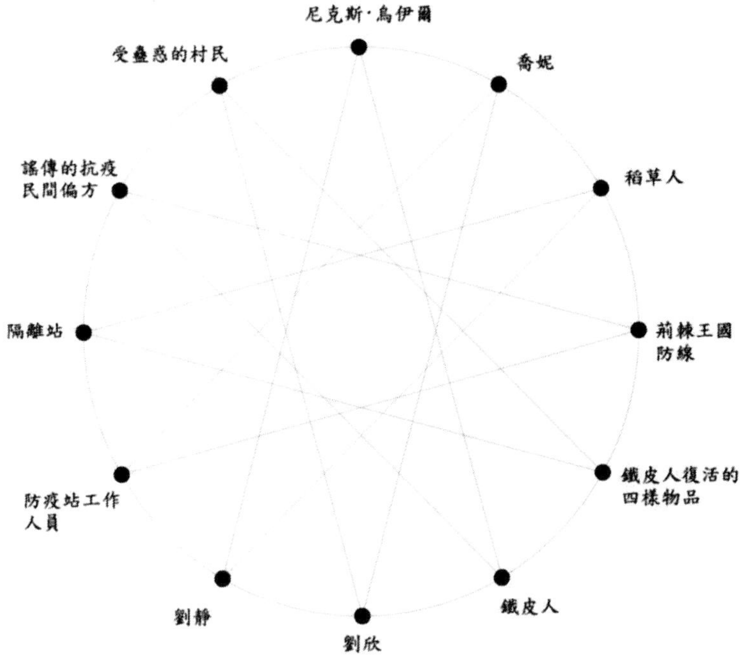

趙文彬朝谷超做了個鬼臉。

「儘管你已經把大部分真相都揭開，但還是顯得得意忘形了。」

「什麼意思？還有我沒揭開的謎團？」

谷超站起身，微微一笑。

「也罷，並不是什麼非揭穿不可的事情。」

「別吊胃口啦！」

「祝你好運咯。只要保持這樣的進取心，即使在沒有師父的情況下，依然可以順利地破解懸案，我很看好你。」

「少肉麻，你還沒告訴我這個案子究竟還有什麼祕密。」

谷超背過身去，越走越遠。終於推開咖啡廳的大門，陽光一下子灑向室內，可趙文彬看了看窗外，明明是灰濛濛的陰雨天。

「喂，你別走啊！」

谷超似乎沒有聽到趙文彬的挽留，靜靜地向店門外走去……

第二十二章

「谷隊！」

趙文彬「嘩」地一下掀開被子，卻發現自己正在病房內。

——剛才的情景是……夢？

彷彿胸部遭受重創一般，趙文彬過了好久才喘過氣來。他奮力直起身，在白晃晃的房間內尋找著什麼。

「你終於醒啦。」邱勇亮抵在門口，笑道，「你昏迷了好幾天，醫生說你吸入的一氧化碳過量，腦部受到損傷，恢復的速度要比我慢些。」

「劉靜呢？她怎樣了？」

「自然是沒法救活，我把你從火災現場拖出來已經不容易了。等到消防隊將火勢撲滅，劉靜早已失血過多，沒了生命跡象。」

「果然……」

雖說這樣的回答並沒有出乎趙文彬意料之外，他卻難免有些失落。

「不過，希望村藉Rnd-32斂財的做法受到全國人民的抨擊，有關部門也在第一時間闢謠，這

種藥物根本不具備抵抗新病毒的功效。到頭來，林昕傑他們也只是打打小聰明……一個村子想要富裕，還得靠真拼實幹，而不是投機取巧，尤其是像他們那樣企圖發國難財的。」

「對於希望村來說，這也許是危及生死存亡的問題。」

「你的意思是他們的做法能夠被諒解咯？」

「我可沒這麼說……對了，這幾天還有沒發生其他事？」

「其他事？」

「對。」

「你想知道什麼呢？」

趙文彬對夢境裏谷超說的話有些介懷，他垂著腦袋，問道：「算了……我還是問谷隊吧，他人在哪？」

「……」

邱勇亮沉默了。

「怎麼，難道他不在這？」

「……」

幾秒鐘的沉默讓趙文彬渾身發涼，彷彿有人揪住自己的咽喉。他顫顫巍巍地從病床上躍起，一把揪住邱勇亮的衣領。

「快說，谷隊到底怎麼了？」

中國境內「新冠」肺炎病例通報

截至二〇二〇年三月二十四日0時0分，中國境內確診「新冠」肺炎病例81171例，死亡3277例。

終章

昨晚趙文彬接到電話，是W市的殯儀館打來的，他們通知谷超的家人已經可以領取骨灰。

殯儀館的長隊延續300多米，從靜雅廳的大門口一直蜿蜒至東側的乾和廳。在身穿防護服的殯儀館服務人員陪同下，谷超的妻子肖菱領著女兒在靜雅廳門口等待辦理逝者的殯葬手續，備案過後才能領取谷超的骨灰，趙文彬則作為刑偵支隊的代表守在他們身旁。

肖菱向工作人員出示了谷超的居民死亡殯葬證、身分證以及她自己的身分證，憑著票據領取空的骨灰盒。整個流程肖菱的神情肅穆莊重，骨灰盒分為岫玉、藍田玉和川白玉，肖菱選了藍田玉，這是谷超生前喜歡的顏色。

將近三百米的長隊不時發出親人的悲鳴，而肖菱和她的女兒卻顯得尤為沉寂。趙文彬平日裏隔三岔五地去谷超家做客，肖菱雖然總是一個人在一旁幹起家務，很少參與二人的交談，但趙文彬看得出夫妻倆的感情算得上和睦。直到下午3點，肖菱的號才被叫到，「發灰臺」的窗口遞來了紅布包覆盒身、上蓋黃布的骨灰盒，在一旁等候的志願者撐著黑傘將三人送出大廳。整個過程都非常安靜，行至門外，肖菱突然抽泣起來，趙文彬原想上前安慰，但嫂子向他擺了擺手，很快又抹乾淚水，恢復方才的靜寂。

出了大門，一輛貨車停在三人面前，車上裝著的是滿滿的骨灰盒。司機是趙文彬的老鄉，兩人竟有一搭沒一搭地聊了起來。司機忙活了一上午，一輛車一共裝著五百多個骨灰盒，但以目前公佈的病例來看死亡人數與殯儀館的狀況相去甚遠。司機抱怨道，在二月初由於覈酸檢測試劑不足，相當一部分疑似病例在自己家中去世，具體數據不得而知。

回程時，趙文彬無意間發現一個熟悉的身影，那是蔣天翔。他手捧著一束菊花，表情十分肅穆。

「好久不見。」

「好久不見。」

醫生臉上還掛著黑眼圈，想必最近這兩個月把他給忙壞了。

「本想等您不忙的時候親自登門拜訪，畢竟這次事件給院方造成很不好的影響，我得代表刑偵支隊向您賠個不是。」

杜向榮的手記只是為了讓警方發現並且阻止希望村的斂財計畫，裏面所記載的並不是他當下的行為。但手記一經警方發現，不知通過什麼渠道立刻不脛而走，社會輿論聲討聲一片，南大醫院因此遭到各界人士的口誅筆伐。事後，趙文彬轉念一想，知道這件事的當事人只有蔣天翔等幾位參與警方偵訊的嫌疑人，究竟是誰走漏風聲的依舊不得而知。

「沒關係，畢竟手記讓你們發現也是院長的計畫之一。雖然杜院長在十七年前犯下無法彌補的罪過，但在十七年後，他卻是挽救眾生性命的英雄。人的善惡就是在一念之間……」說到這裏，蔣天翔突然想起什麼，「對了，龐娟和麥以超已經被南大開除。」

「龐娟和麥以超……難道他們……？」

「消息是他們走漏的。」蔣天翔淡然回道，「不僅如此，他們當日在『半夏酒吧』試圖拉攏我參與藥品招標採購的暗箱操作，其實就是指Rnd-32。」

「不會吧，林昕傑和他們是一夥的？」

「對，他們本打算為Rnd-32的功效背書。杜院長拒絕加入林昕傑他們，讓對方極為惱怒，以他們的個性，會就此罷休嗎？」

一股涼意直竄腦際，趙文彬不由得想起在夢境中谷超曾提到「未解的祕密」。自己因為案件告一段落而得意忘形，卻忘了作為警員的「使命感」，忘了清理這個案件的「死角」。

「所以，林昕傑又找到龐娟和麥以超？」

蔣天翔頷首道：「他們倆是通過上面的關係一路做到中層的位置，缺乏對外界誘惑的抵抗力。林昕傑給予他們豐厚的酬勞，試圖拉攏其他院方人員一同為Rnd-32背書。刑警同志，我再告訴你一件事，前天紀檢組在回溯追責時，他們倆竟招供手記是龐娟在杜院長出事前兩天外泄給劉靜的。」

「你說什麼？」

話語從蔣天翔口中說出，觸及到趙文彬內心最薄弱的一環。他緊緊握起了拳頭：「劉靜是被他們利用的？」

「沒錯。林昕傑知道杜院長的軟肋，把十七年前那些事一五一十地告訴龐娟和麥以超，二人裝作不經意的樣子，趁院長開會時把手記拿給了劉靜。後來，才有院長決定在她面前自裁那些事……」

陣陣涼風刮過趙文彬的臉頰，雖然體感溫度並不低，可他卻打起了寒顫。一個月前，他只解開了事件本身，但卻沒意識到背後涉及到更為龐大的犯罪網絡，杜院長、劉靜包括他……都只是其中一枚棋子。在利益面前，沒有長期建立的情誼。

「罷了，時過境遷……短短兩個月的時間，杜院長、劉靜、醫院急診室的幾位醫生都沒能熬過這個寒冬，就像做了場噩夢，再談這些也於事無補。畢竟，沒有哪個職業是天生就必須付出生命的。」

趙文彬向蔣天翔深深鞠了一躬，望著他逐漸遠去的背影……

（全文完）

要推理82　PG2469

要有光 FIAT LUX

殘像17：新疫時期的殺意

作　　者　燕　返
責任編輯　喬齊安
圖文排版　蔡忠翰
封面設計　王嵩賀

出版策劃　要有光
發 行 人　宋政坤
法律顧問　毛國樑　律師
印製發行　秀威資訊科技股份有限公司
114台北市內湖區瑞光路76巷65號1樓
電話：+886-2-2796-3638　傳真：+886-2-2796-1377
http://www.showwe.com.tw
劃撥帳號　19563868　戶名：秀威資訊科技股份有限公司
讀者服務信箱：service@showwe.com.tw
展售門市　國家書店（松江門市）
104台北市中山區松江路209號1樓
電話：+886-2-2518-0207　傳真：+886-2-2518-0778
網路訂購　秀威網路書店：https://store.showwe.tw
國家網路書店：https://www.govbooks.com.tw
總 經 銷　聯合發行股份有限公司
231新北市新店區寶橋路235巷6弄6號4F
電話：+886-2-2917-8022　傳真：+886-2-2915-6275

出版日期　2021年1月　BOD一版
定　　價　300元

國家圖書館出版品預行編目

殘像17：新疫時期的殺意/燕返著. -- 一版. --
臺北市：要有光, 2021.01
面；　公分. -- (要推理；82)
BOD版
ISBN 978-986-6992-61-2(平裝)

857.81　　　　109020551

讀者回函卡

感謝您購買本書，為提升服務品質，請填妥以下資料，將讀者回函卡直接寄回或傳真本公司，收到您的寶貴意見後，我們會收藏記錄及檢討，謝謝！

如您需要了解本公司最新出版書目、購書優惠或企劃活動，歡迎您上網查詢或下載相關資料：http:// www.showwe.com.tw

您購買的書名：________________________________

出生日期：________年________月________日

學歷：□高中（含）以下　□大專　□研究所（含）以上

職業：□製造業　□金融業　□資訊業　□軍警　□傳播業　□自由業

□服務業　□公務員　□教職　□學生　□家管　□其它_____

購書地點：□網路書店　□實體書店　□書展　□郵購　□贈閱　□其他

您從何得知本書的消息？

□網路書店　□實體書店　□網路搜尋　□電子報　□書訊　□雜誌

□傳播媒體　□親友推薦　□網站推薦　□部落格　□其他__________

您對本書的評價：（請填代號　1.非常滿意　2.滿意　3.尚可　4.再改進）

封面設計____　版面編排____　內容____　文／譯筆____　價格____

讀完書後您覺得：

□很有收穫　□有收穫　□收穫不多　□沒收穫

對我們的建議：________________________________

____

____

____

請貼
郵票

11466
台北市內湖區瑞光路 76 巷 65 號 1 樓

秀威資訊科技股份有限公司 收

BOD 數位出版事業部

（請沿線對折寄回，謝謝！）

姓　名：________________　年齡：________　性別：□女　□男

郵遞區號：□□□□□

地　址：______________________________

聯絡電話：(日) ________________ (夜) ________________

E-mail：______________________________